亦

舒

作

品

刹那芳华

亦舒

作品
50

湖南文艺出版社

博集天卷
CS-BOOKY

作品

伍
拾
号

壹·人生路

亦　舒　散　文

目　录　×　0 1
Contents *Page*

刹

那

芳

华

贰 · 美的标准

亦　舒　散　文

目　录　　　×　　　0　2
Contents　　　　　　　Page

/
刹
那
芳
华
/

叁 • 小题大做

亦　舒　散　文

目　录　×　　0 3
Contents　　Page

刹

那

芳

华

肆 · 文艺青年

亦　舒　散　文

目　录　×　0　4
Contents　Page

/　刹那芳华　/

伍 · 现代女性

亦　舒　散　文

目　录　×　0 5
Contents　　　　Page

陆 • 各适其适

亦　舒　散　文

目　录　　　×　　　0　6
Contents　　　　　　　*Page*

刹
那
芳
华

壹

人生路

+

生活经验越是丰富，对所有支持越是感激，一句好话，一张纸条，片言只字，都会珍惜。

要 命

对于所爱的人，我们容忍力特强，不管他们喜欢养十只猫，或是放弃事业致力于育儿，或是逢衫皆露，不露不欢，总是觉得可爱。

这叫作护短。

至于陌生人做什么，谁管？眼皮都不屑抬，省时省力。

可是对不喜欢的人，态度完全两样。

她爱说话？分明是尖酸刻薄的八婆。他沉默不语？咄，这时候了他还敢说什么！

坦白是招摇，谦卑是虚伪，罪名数之不尽，不睬我们当然是夜郎自大，想结交我们？简直不自量力。

一次与小友上街，有人从后边追上来要签名，我一手接过笔与纸，那位先生却说："不，不是你，我找她。"小友大乐，换了个她不喜欢的人，准要挨一句自作多情。

可是有些人，朋友的所作所为一样要批判，敌我不分，全体受罪。

越熟越是要嘲弄、侮辱、踩低，你的事，他全知道，做最权威的发言人，一五一十，无中生有，添油加醋，数给全世界知道。

等到终于要赞人了，他去捧敌人，表示公私分明，这种朋友，要不要命！

身后事

某先生在一篇演讲辞中，两次提到，在去世之前的刹那，他会想到什么人什么事。

智者千虑，远近什么事都想到，恐怕不如我等普通人快活。

一位朋友到多伦多探视读大学的子女，干脆连路都不认，索性跟着年轻人跑，假装患帕金森病，真是好办法。

等孩子稍大，我也决定效法，菜单、账单通通看不清楚，"女儿你来应付"，永远考不到驾驶执照，"老友你来接我"，对数字糊涂，便不用庸俗猥琐地理财。

渐渐不大想什么，就这样已经够好，又希望猝死，就是前一分钟好端端还在做些什么，下一分钟已经哪一声倒地不起那种，几上的茶未凉，披肩还搭在椅背，就这样辞世，当然也来不及想起什么人什么事。

平日忙得最头昏的时候也会叹息一声说："噫，还有那么多工作，大抵还不能死。"最闲之际，也会再三吩咐道："阿女买衣服一定要去某店，叫那些售货员替她配搭，不比我眼光差，请何太太替你找一个好家务助理……"牵挂的，不过是这些。

倒从来没替老总担心过，他们一定找得到文坛新人。

人生路

有一本书，叫《少有人走的路》，作者斯科特·派克是一位医生，十年来一直畅销，派克医生收版税无数。

这不是一本小说，这是一本薄薄的励志式杂文选，每篇文字都告诉读者，不不不，生活并非逛玫瑰园，生命本身异常痛苦，可是——

可是你必须承担责任，克服困难，才能好好生活。

举个例，他简单地说："我们一直说'这不是我的难题'，绝对不能解决难题，希望他人来替我们解决难题也不能解决难题，只有说'这是我的难题，得由我来解决'，才能真正地解决难题，可是，许多许多人为着避免痛苦，便对他们自己说：'该难题，绝对是别人的错。'"

文字一点也不优美，堪称直截了当，可是每句都似当头棒喝，使读者得益匪浅。

他严禁读者呼天抢地、推卸责任以及责怪社会，他劝喻读者抬起头来，面对现实，解决问题。

这本毫无时间性的小书低调地畅销得实在有理。

像"如果一个人要在人生路程中走得远，必须放弃耍性子、若干理想，甚至是生活风格"，这些其实都是包袱，使人故步自封。

支 持

物质上有所支持自然最好，拍一拍胸口，承担下来，解人危难，再伟大不过。

如不，讲几句安慰的话，甚至是一个半个了解的眼神，也是好的，这叫作精神支持，力量非常大。当事人得到适当鼓励，忍耐一下，也就撑过去了。

最怕一有什么风吹草动，转头一看，熟人个个面露厌憎、害怕之色，已纷纷走避，不要说是支持，连"你好吗？"都不屑问。

一位女友每次与家人在馆子吃饭均做付账者，她困惑地说："谁请客不要紧，可是他们每次一吃完立刻散席，让我一个人坐着等伙计找钱，好不尴尬，为什么不等我一起走呢？"

这是生活写照，同台吃饭，各自修行，有事没事，均作鸟兽散。

生活经验越是丰富，对所有支持越是感激，一句好话，一张纸条，片言只字，都会珍惜。

至于失意时遭遇到的冷言冷语冷面孔，更是反面教材，都说最励志的便是这种横风斜雨，叫当事人拿出勇气来奋斗。

因为生活得更好是最佳报复。

坦率

名媛说到丈夫与其前任女友的关系："我尊重他不理会一切，而选择同一个有可能为他带来好多不必要问题的女人在一起。"

讲得真好，但是，有无必要这样坦率。

我们这种有经验的人，只觉得最好一字不提，"不，我并无留意报刊上的流言""过去的事不必多说，每个人都有过去"，或是"那是他的往事，我不便置评，你们为什么不去问他呢"……

况且，滥交女友乃不负责任之表现，没有什么值得尊重的。

人的心是世上最黑暗的角落，记者当然想用电筒照亮它以满足读者好奇心，当事人可不必有问必答。

过去已是那么遥远的事，她与她的环境、背景、学识、地位又是迥然相异的，她说敬重她，没有人会相信，她稍露不满，即是仗势凌人，当中又夹杂着一个他，真是麻烦透顶。

不如微笑道："关于那种传言，听过也就忘了。"忘记是唯一可行的方法。

不过作为读者，当然高兴读到天真坦诚的访问，一是一，二是二，不回避不闪躲。

面斥

你会不会嘲笑朋友的私人选择?

友人移了民,你会不会人前人后不住讥笑他在彼邦等死、无事可做、闷到极点,什么那种地方,送你免费飞机票也不耐烦去,等等。

会不会幽默过度了,变成直接挑战朋友的忍耐力?

"子非鱼,安知鱼之乐",鱼也没有把它的苦乐摊开来一一说明白。从前,"朋友"是一个极美的名词,彼此敬重,互相包涵,处处帮忙,现在,最会挖苦、掀底、揶揄你的人,便是所谓的朋友。

朋友同什么样的人结婚,朋友为何定规要把子女送进私校,朋友如何处理他的财产,诚然都是朋友的私事,道若真的不同,乃可绝交,无须当笑话题材,茶余饭后,有机会即取出嘲弄之。

以前,一直认为江湖上最讨厌的人是一边抄袭某人作品,一边大骂某人的那种,现在,更讨厌的是一边认你做老友,一边百般羞辱你的人。

这个行业越来越寂寞,没有朋友不要紧,坏是坏在有人到处认是你的朋友,暗地里一直损得你一文不值,俗云,面斥不雅,终有一日,忍无可忍,要拍案而起,大声痛骂的吧。

不改其乐

社会风气也真奇怪，做人确实难做。

一般人都喜欢淡泊名利、不会计较的朋友，小李真随和，老王从不与人争，阿张是好好先生，性格都十分可爱，乐意与他们亲近。

可是十年八载之后，多多少少又觉得他们不会打算：还住在那幢小公寓里吗？同他吃饭可别叫他付账。他孩子的大学学费筹下没有？一大把年纪了还成日价周游列国、看巡回演出，真不是办法……诸如此类的评语渐渐就来了。

众人又不大喜欢急功近利之徒，老是冷眼旁观，看他们几时得意忘形，自名利梯子上摔将下来，得不偿失，雪雪呼痛。

可是该等人士一旦名成利成，高高在上了，众人又心痒难搔，不住打扰：哎，签个名，写个序，出来吃顿饭，借借光……说穿了，不外乎想利用人家的名气。

甲曾这样批评乙："一个钱字看得太重了。"稍后乙搬家，甲连忙打听消息，又讥笑曰："并非靓区啊。"再过一阵子，乙又搬了一次，甲又不忿道："我才不计较钱，我又不想住山顶开奔驰。"

到底该怎么做才好呢，只得要求自己开心，任何环境，不改其乐，成功矣。

好 人

同文[1]说到一则逸事：萧邦琴艺惊人，当时他也有对手，批评家问萧邦对方技艺如何，萧邦答："他是好人。"

同文大惊，说他不要光做好人。

读者笑得伏在书桌上，当然不要做好人，好人算什么？音乐家要艺惊四座，小说家得写好文章，政治家需治国有方，老做一个好人，荒废本行，有什么益处？

不做坏人已经足够，功夫足，也不表示可以一味坏，有天分，亦无须借此作奸犯科。

从事写作三十年，若给编者及读者的印象只是人很好，那是可悲的吧，与其努力做好人，不如努力写好小说、杂文。

有人天生是个好好先生，上天又眷顾他，让他写得一手好文章，那当然无话可说，可是我们所认识的大好人，因为脾性太好，通通是温暾水，激发不出创作火花。

相反，无论在哪方面做得略有成绩的朋友，全部有点怪癖、偏激，与常人有异，脾气就算不差，也够怪，时时令亲友啼笑皆非，不坏，但绝非一般人口中的好人。

况且，在把事情做好的过程中，一定会得罪人，你功夫比人高明，已经令人不高兴。

---

[1]　即同人，同行。

怕

年少时气盛，为同文在专栏不住挑衅而大光其火，决定与之没完没了，与黄君说起此事，怒道："看这种人也不似有出息的样子，不怕他！"

黄君立刻说："错，你要同他开仗，因他的理不是你的理，有话大家说明白，决非看死他没出息，即使有朝他做了香港总督，最多递解你出境，但如果你有话要说，还是不怕说。"

这番话好比醍醐灌顶，永志不忘，受用不尽。

真的，我们一支笔要是温和，决不因为怕事，而是真正炉火纯青，泱泱大度。否则，不平则鸣，不论对象，万万不可顾忌对方权势，就闪闪缩缩，若那人好欺侮，就大石压死蟹——以势压人。

对方记不记仇，将来是否会蓄意报复，通通不是问题，对方与上头熟，人多势众，联群结党，那是他家的事，一有争执，照样螳臂当车。

真有什么事，识时务者也不一定就被封为俊杰，坚守立场，反而会得到尊重。

我的见识也许有限，我的思想可能偏激，我的文字大抵不算纯熟，但我所写的，是我真诚的见解，哪里怕得了那么多。

小孩脾气

我们常常说，某与某有小孩脾气，由此可见，幼儿有很厉害的脾气，因不懂得控制情绪，一发而不可收拾。

我的小侄女叫苏珊，一日，本好好翻阅照片簿，忽然之间指着相片说："我在哪里，为什么我不在其中？"大哭不停，她母亲只得把她抱在怀中安抚。之后我们进进出出做了许多事，约一小时后，两岁半的苏珊仍在母亲怀中饮泣，名副其实，小孩脾气。

幼儿倔强，明知无能力照顾自己，却依然唯我独尊，耍起性子来，不顾后果，甩脱大人手，一个人往前走，头也不回，咚咚咚，越走越远，曾听见一个父亲困惑地问那刚会走路的孩子："你往哪里去？步行回香港？"

大人若闹这种脾气，真正不得了。

走，你想走到哪里去？不高兴，又想闹情绪到几时？

旁人又干吗要小心侍候这种幼稚的脾气？渐渐便离弃该种人。

小孩脾气只得由小孩来发：忽然与同学抢玩具了，一下子不高兴，马上哭起来。不愿意，不吃饭，伸手打爸妈……

大人千万别发小孩脾气。

艰巨

以前，女子多数一结婚就胖，生了孩子，进展成为肥大，体重增长有时可达百分之五十以上，十分惊人，全柜服饰需要更换，所费不赀。

新一代太太好似没有这种忧虑，从报上看诸名媛生育前后图片，几乎两三个星期内即可恢复苗条原状，且精神奕奕，随同夫婿出席宴会，甚至外出旅行主持工作会议，生活丝毫不受影响。

友人中不少已婚并拥有孩子，多年来均穿 M 码衣服，食量惊人，体重不变，因为工作量至巨至可怖吧，办公室里劳碌十余小时后返回家中，还需亲近孩子，抓举挺举数百回，练得双臂腰身大腿似钢条，状况尤胜旧时。

都说也没有坐月子这回事了，在医院做完手术第二天便到处游走，再隔三日出院，正常操作，指挥公事私事，待拆线时再回到医务所。

听上去如金刚不坏之身，西医亦不推荐传统补品，新派妇女也不觉任何损失，时间及经济允许的话，三两年后，再来一名，出生入死，视作等闲。

所需毅力、精神、忍耐，亦不会比拥有一张文凭或创业更加艰巨。

因此无论如何，胖不起来。

要求高

许多朋友都会搞室内装修，要求高得不得了，大门做拱形，改了七次，皆因线条尚未符合要求。

又住在一所公寓中，装修另一幢公寓，一年多过去了，一家仍在临时住所里，为什么？"窗帘做坏了，长度不对。"

骇笑，因我们家完全没有窗帘，只得一道百叶帘。

又"不知挂什么画好，真迹全贵不可言了，要去画廊发掘未成名画家"，不知要找多久。

我干脆把《国家地理》杂志附送的世界恐龙分布图镶一只架子就挂在工作室了，真不敢提出讨论。

有一段时间对办公室厌倦，又不想辞工，怕时间无法打发，老伴说："要不要学室内装修？可指点你一二。"扪心自问，可是一点天分兴趣也没有。

全屋通通一个颜色，最好是米白，不要任何花纹间条圆点流苏蝴蝶，清清爽爽，乃最佳室内装饰，浴室尤其千万不要搞艺术，有几个客户会得接受？

自己住无所谓，单调、沉寂、平凡是正常生活写照，摆设越少越好，免得惹尘埃。

可是友人还在找一架蒂芙尼罩灯，据说要挂在厨房附设的小饭厅里。

记功课

读书是种享受，假使读过的功课可以自由忘记。考试那么可怕，因为必须把所有笔记背诵，搬到试卷上。

忘记是人类最宝贵的本能。

不要考试就好了，到处听课，一系游览到另一系，天文物理、纯美术、16世纪欧洲历史、古玛雅文明、海洋生物……像翻阅杂志一样，爱看什么题目就看什么题目，不喜欢，立刻改看别的，从头开始。

可惜生活总是要求我们持比较严肃的态度，什么都放肆地忘却，经验会浪费掉，智慧无从增长，于是把一切狠狠记在心里。

就算不是个人经历，也可自他人笔记文字中得知事情经过，记得越多越好。

记功课我最笨拙，背完又背，背完又背，考完试，仍然全盘忘记。

做人最怕轻率，不过始终也没学会沉着应付过什么，吃了亏，绝不学乖，毫无记性，依然故我，照样动辄展示愚鲁本性。

工作室里有一张恐龙挂图，各式拉丁学名之长之多，花十年也记不住，没关系，看后试读一遍，可以即刻忘记，不知多好。

娱乐

古时，花钱的爷们儿有无上权威，看戏听曲子，一不开心，立刻拂袖，皆因出来玩，目的是寻欢作乐，至少买个笑回去，但凡哭哭啼啼，悲悲切切，通通不接受。

现代观众也一样如此。

扭开电视，只想看俊男美女演出花好月圆，要不，就是喜剧闹剧，嘻哈绝倒，或是紧张刺激的科幻特技奇情片、精彩生活动画故事。

悲剧免问，老人对着老人做戏，也不受欢迎，最怕贫穷写实剧集……

一般人辛劳一日，好不容易回到家，只想放松一下，不想再接触到人生大意义，有许多人许多事，现实生活中已经应接不暇，何用在荧幕中再看一次。

娱乐就是娱乐。

轻松、开心，则身心都受用不尽，观众自然勇于捧场。

于是人同此心，口味越来越特别，什么大道理都不要听，谁要说起孝悌忠信，贤良淑德，准引起哄堂大笑——明知行不通，说来做甚，不知多悲凉。

到最后，新闻都挑娱乐性丰富的来看，看多了波斯尼亚与索马里，爱莫能助，影响心情，是逃避吗？一定是。

输 与 赢

某杂志选去年年度赢家与输家。

当然是成败论英雄:成绩愈高,分数愈多;每战每败,则算输家。

功利社会,如此计分,并无不可。

可是,若能将得失放在一边,普通人,又该如何算输赢呢?

过去一年,你生活得开心吗?若大部分时间平稳度过,心情愉快,身体健康,那么,即使业绩并无庞大增长,阁下也就是一个赢家了。

否则,取了奖章,兼得奖金,但是郁郁寡欢,终日只想着更遥远的目标,赢了也是输家。

输与赢,永远一念之差。

得到一些,也必定会失去一些,幸福是一个玻璃球,从天上降到人间,摔破了,碎成千万片。没有人可以得到全部,充其量捡到一两片。

名利均需钻营,一个人的时间致力于何处是看得见的,各人对生活需要不同。当然,我要的不是你要的,你要的也不是我要的。

生活越来越好的人全部是赢家,同环境搏斗打了胜仗,你以为容易吗?

新 任

朋友新任母亲，激动地说："一直听人讲，有了孩子，以前重要的今日均属次要，还有，嘴里会一天到晚孩子孩子孩子，听得亲友耳朵出油，从前觉得夸张，可是原来都是真的！"

她说半夜三更起来喂奶，夫妻二人争着做奴隶，在走廊碰撞，情况激烈。

那样高兴，是因为千辛万苦，出尽百宝，做过许多次手术，流过无比多血汗，才成功怀孕。

所以一切都不再重要，那团粉肉才是至宝，该幼婴朝母亲一笑，差点没大地震动，天女散花。

她接着举一个例："像你，再也不会紧张稿费了吧。"

连忙侧着脸阴险地笑，接着唯唯诺诺，不置可否，是，诸老总大抵也曾经如此盼望过。

稍后，她详述孩子的生活细节，其实都是最普通最常见的事宜，像打一个嗝，像会得转身，像懂得伸手叫妈妈抱，可是她一边说一边脸上发出晶莹的光彩，泪盈于睫。

会得过去的，当荷尔蒙分泌渐趋正常，体重下降，她会回到公司，再度争升职加薪。

恢复本色。

思 亲

　　友人丧母后十分伤心，坚持不肯搬家，原因："或许住在原处，母亲的信仍然会寄来。"劝曰："你也知道那是不可能的事。"她痛哭。

　　过了数月，新居已经装修妥当，仍是不搬，因为"至少她会认得路来入梦"。

　　这个理由比较值得原谅。

　　问过许多朋友，都说梦见母亲在一个十分光亮的大堂里，疑幻疑真，刚想上前说话，梦就醒了，多数软弱饮泣，刹那间回到极幼小的岁月里去，悲伤不已。

　　有人梦见母亲就坐在不远之处，不是走不过去，但就是没走到面前，他甚至没看清母亲的五官，但心中确实知道那是母亲，她没有看向儿子，也并无说话，他一直哭叫一直哭叫，然后，梦醒了。

　　一般人思亲的梦境都比较简单，不如苏轼，他更凄凉，他看到亡妻坐在小轩窗下梳妆，非常年轻，非常漂亮，醒来只有更惨。

　　友人一日大哭说："老人也没妨碍社会什么，所吃所用，不过是我们省下来的，闲时只看看报纸电视……可是不行，也不让他们活下去……"

　　悲伤之余，无理智可言。

母女

友人见一对母女相依为命，无话不说，非常羡慕，故云："将来我与女儿的关系如果这样，心满意足。"

立刻讶异地说："不不不。"

千万不能像这一对母女。

只有一无家庭、二无事业的女儿，才能天天有余暇陪伴母亲进进出出，逛街喝茶旅游，换句话说，她完全没有自己的生活，那怎么正常？怎么快乐？

应该希望女儿成年后远走高飞，成家立室，事业有成，忙得不可开交，一个星期，甚至一个月也抽不出空当来看父母一次，只要知道她生活得好，何用天天纠缠，上一代自有上一代的消遣，不愁寂寞，千万不能扯女儿做终身伴侣。

老人总有骑鹤西去之一日，女儿也该有女儿，女儿的女儿的女儿更应有女儿，紧要关头彼此有个照应已经很好，过年过节带着女婿外孙来共聚一堂，不亦乐乎。

早点成家，用功做事，过了十八岁羽翼已成，不必再依依膝下，能够请出去最好。

请努力过自己的生活，请勿过分留恋母亲怀抱，人贵自立，母亲去后，还有好长一段日子需要上路，宜自幼训练为佳。

了 不 起

都说女生爱美，样子渐渐会变，当然是越来越漂亮，外形不受岁月影响，性格成熟，五官及身段却日益精湛，进化论过程尽在不言中。

最近男生也不甘后人，尤其是演艺界，讲得直接点，是靠面孔吃饭，少不得精益求精，下足功夫，采用渐进式，今年修这个，明年改那个，越看越顺眼。

观众也似乎不介意，如今也没有什么丽质是天生的了，三分才华七分运气，衬托得好，就是营生。

有时候看见谁谁谁数十年均以真面示人，还会觉得太过不修边幅，简直欠缺职业道德，至少要减掉十多公斤脂肪，以及把松出来的料子拉紧。

要不就以最好一面示人，要不，退休躲家里去。

头发染黑，牙齿洗白，看上去美观整齐，已经年轻十年，不能说是虚伪吧，外套垫个肩，站得挺一些，精神奕奕，不算假吧。

谁想看到邋遢疲懒垮垮的人呢，相由心生，故千万要振作起来。

许多人一年比一年漂亮，除了努力修理外表，也都不忘充实内涵，里外夹攻，自20世纪60年代一直美到90年代，了不起。

通灵

不是不相信世上自有通灵的人，用比较生活化的解释，那人的脑部构造宛如一座无线电，自可接收常人听不到见不到的信息，他的感觉特别灵敏，接触到的事物，亦异于常人。

夫子说，"敬鬼神而远之"，其实最好不要加以探索。

每当谁谁谁大肆宣扬，他看到什么什么，听到什么什么，总忍不住摇头，是吗？真有那样的异能吗？

一个人，若天赋异禀，打通了这个关口，当大彻大悟，大概不会用宝贵稀罕的经历来哗众取宠，茶余饭后，重复又重复，娓娓道出，引人注意。

试想想，能知过去未来，可与鬼神交谈，穿梭时间空间，往返自在，还会不会在乎世俗间功利，都已经是半仙了，还有什么企图呢。

同朋友交往，都需要一颗真挚清纯虔诚的心，都会人老说知己难觅，就是因为心思太过复杂，各怀鬼胎，连友谊都接收不到，更何况是其他。

世上一定有异人、高人，不过，大抵不是某、某同某那种名利多多益善，务求群众注意的人吧。

北方人揶揄人，"你见鬼了你"，恐怕是用来取笑这一种人的。

对比

今年有一种打扮真正稀罕，对比那么强烈，居然十分悦目，试形容一下。

只见少女们都穿上长及足踝的大花雪纺裙子，走动起来，裙裾飘逸，宛如蝴蝶翻飞，不穿衬裙，隐约可看到苗条长腿。

可是这样的裙子，居然配粗线条矿工靴，还有，上衣是件皮夹克，有人也穿牛仔布背心，背个背包，成为一套打扮。

说不出地好看，叫人想起20世纪70年代大学校园内全是长裙，下雨，花裙边上沾满了泥斑，十分凄艳，对比强烈，往往有这种戏剧性效果。

若是长发姑娘，头上可压一顶小小针织帽，是有点俏丽成分，长裙售价数百至数万元不等，丰俭由人。

据说异性最讨厌20世纪80年代垫肩像美式足球员制服般的外套，可是在那个关口，连T恤都无端加两只垫膊才合时宜，真正讨厌。

那么还有紧身长袂外罩短裙，长袖衬衫外罩吊带裙，内衣外穿，外衣内穿，变化无穷，想象力丰富，身段好的可人儿，怎么样穿，还是一样标致。

眼睛吃冰激凌。

题材

一位女士在教堂里祷告，泪流满面，牧师看见，则去劝问："有什么难题，我们可以帮你吗？"女士答："我很好，一点困难也没有，我来祷告，是因为感恩，上帝赐我良多，使我感动落泪。"

也难怪牧师多心，好端端谁会跑到教堂坐着。

以此类推，不诉苦，大抵也不会写专栏吧，哈哈哈哈哈。

你有没有拜读过不抱怨、不解释、不发牢骚的专栏？即使有，也不好看。

一些专栏文字，平和得不得了，不外是写那一日发生了什么事，作者见过几个人，说过哪样的话，秀丽端庄，淡而无味。

故有许多支笔不甘雌伏，一篇杂文出来，读者哗然，议论纷纷，那才叫座，正是，救恩在罪人身上特别明显。

前辈们写独爱莲花，或是父亲的背影，或是给母亲的纸船，或是园子里的枣树……附着隐喻，十分感人。可是今日以这样的题材投稿，不知老编可予以接受？如此纷扰岁月，哪儿容得作者文绉绉咬文嚼字与时代节奏脱节。

为感恩而落泪，到底少之又少。

清茶淡饭

依都会标准，我的生活是朴素的吧。

老人家奉节俭为美德，怕年轻一代不信，故恐吓道："当心下半辈子没的吃。"我不喜浪费，与这因果报应论无关。

新闻中老是看到非洲饥民骨瘦如柴，又有俄罗斯人民排队数小时买一个面包，庆幸之余，不敢大意，这不是花不花得起的问题，当然不必省，吃得多少大可吃多少，不过千万别糟蹋，在馆子吃饭，通通吃光，吃不完，打包拎走。

孩子穿剩衣服，整理一下，分一岁、两岁、三岁那样入袋，打电话请慈善机构前来收集，不要说落后或战争区域，即使是本都会，护士说，许多初生儿出院都没有衣服可穿。

舍下没有什么是堆山积海的，只一辆车，什么都靠它，只一枚指环，天天戴，呵，许空白稿纸比人家多，因一下子就用完了。

衣食住行级数都普通到极点，不算考究，自奉甚俭，目的亦并非积谷防饥，生活到这个程度已经过得十分舒服，何必花费更多，要求如此之低，自己也讶异不已，日本人流行的清寒生活，早已实施多年。

条件太好

男女双方，条件太好简直也不是办法。

二人均年轻貌美、聪明，又有事业基础，性格强，白手兴家，不靠余荫，风头劲，走在一起，宛如金童玉女，双方会不会因此不肯迁就牺牲？

普通人又不同，找到对象，也就是他了，非珍惜不可，因闹翻后大抵再也没有太大机会，日久生情，渐渐妥协，只要在底线以内，稍为委屈，也认为值得。

女孩子美到一个程度，就是资产，可不能叫她马上放下一切，立刻结婚，保证她最多的爱、最稳健的生活也不管用，因为事业给予人的满足，又是另外一种滋味。

可是年轻英俊有为的他，却希望下班后有温柔的可人儿陪伴左右，说说笑笑，舒散压力。不想看见她比他更忙、更多心事。

他不能自私，叫她退下，怕欠她太多，终生不能偿还。

女性在工作与家庭间取舍已达前所未有的痛苦阶段。

况且，他们年收入是八位数字，他当然要专注工作，她也不可能轻言放弃。

太多人在旁虎视眈眈，双方都不愁没追求者，均因条件太好太好。

误己误人

管宁同华歆坐在一间书房温习功课，忽然街外传来乐声、人声，华歆连忙扑出去看，半晌回来，发觉座席已经割开，管宁割席，不再与这种经不起轻微引诱的同学往来，耻以为伍。

拖稿的作者老以为不拖稿的作者吃饱饭完全没事做，只能写稿，故此想拖也没的拖。

人生在世，总有琐事、烦事、大小事宜发生，若认为他人家里无事，未免把人家生活看得太幸福、太美好了。

我家也有事发生，过去五年间，往返香港、温哥华总有七八次，入院做过两次手术，怀孕九月至生养，每星期起码到各式医务所报到两次，又忙着自太平洋东岸搬到太平洋西岸，找到合适房子，再搬一次，刚安顿下来，家母去世，又赶回奔丧……

对我来说，这些均属人生大事，可是，对读者及编者来讲，以上却是阁下私事，并不构成动辄失职拖稿的原因。

实在忙不过来，宁可减产，牺牲稿酬，放弃机会，妥善地重新安排时间。

工作是工作，娱乐是娱乐，家庭是家庭，千万不要误己误人。

女服

小时候打开表姐的衣柜参观，约是20世纪50年代后期吧，真考究，几乎每件衣服，都配着私家外套。

套装不在话下，一衣一裙，颜色花样一致，决不可与别的衣服混着穿，十分名贵。

晚服更华丽，缎子长裙配同料的缎子长外套，唤作歌剧大衣，穿上，像公主，那时，鞋子与手袋都是特制的，真好看。

后来女服就简化了，尤其是晚装，无论穿什么，配件皮草就算数，白天则置一两件山羊绒，再冷，穿羽绒。不错，是潇洒，女性也乐得接受，可是，比起从前，是简陋多了。

时间要用在工作上呢，逛时装店，看到丝绒长大衣，哗，不禁伸手轻抚之。不过，配什么样的裙子呢？穿过后，打理也需一番心思吧。

万分感慨，难怪牛仔布越来越流行，各名牌均采用之，它有个好处，可以随地坐、随意穿，完了进洗衣机狂洗一轮，像新的一样。

记得表姐有一件绣珠长裙，窄身，露肩，外套是长袖，衣身只及胸下，刚刚遮住裸露部分，浅蓝色，配同色同料钉珠高跟鞋、手袋，这才叫女服！

控 制

育婴专家老是忠告父母："不要被孩子控制，要教他规矩。"

那还不容易，新生儿最大不过三公斤左右，软乎乎，扔小床里，不去理他，他又不会反抗，大人怎么会受幼儿控制。

不过，若父母疼爱他，又是另外一回事了。

我们也常常惊讶，那样一个人物，怎么会受身边人支配，可是她爱他，不忍看他失望、不悦、沮丧，当然得迁就他，在旁人眼中，也就变成他控制了她。

在家事事靠父母的少年，一到外国寄宿读书，包管一年内什么都学会，包括打理床铺被褥、衣服鞋袜、功课，还有上落飞机抓紧护照，等等。无他，国外人公事公办，他落了单，不得不迅速长大。

婚姻幸福的妇女往往给人一种特别天真的感觉，姿势、语气、爱恶同她新婚二十三四岁时并没有太大分别，皆因一直生活在受保护的环境里，那个舒适安全的家控制了她的成长。

许多被控制的人都是心甘情愿的，不然总会反抗吧，革命都会成功，何况是其他，这就不必同情他们了。

问题少年

他是遗腹子，母亲嫁过好几次，继父酗酒，醉后生事，殴打他母亲，少年的他被逼挡在母亲身前对醉汉说："你再动手，我打你。"

家境十分困难，又缺乏温暖，一早就到外祖父开设的杂货店去帮工……不过，他倒是没有成为问题少年，明明有足够理由怪家庭、怪社会，不过不知怎的，他没有那么做。

他学业优异，视名校奖学金为囊中物，婚姻亦算美满，最终成为美利坚合众国第四十二届总统。

克林顿是他继父的姓，据说许多人会因此心理不平衡，大抵也不是他的借口。

一个人要存心疏懒、堕落、推搪，大概总会找到理由，存心争气、出头、努力，也一定会找到力量，美国总统是一个特别例子，不过社会上许许多多有志气人士总能突破出身，克服环境，达到目的。

有志者事竟成，加倍努力，更多磨炼，只有使人愈加珍惜成果吧。

谁谁同谁，通通自力更生，白手兴家，最终在他的行业内成为翘楚。

人会变

这是替别人说好话："人会变。"意思是，从前使人难堪的行为，经过岁月磨炼，会得改掉。依这样单纯的理论来讲，世上再没有可恶的中年人，到了老年，更加个个慈眉善目，立地成佛，因为人会变，一上年纪，自然修心养性，脱胎换骨，判若两人。

当然不会这样容易，过了二十一岁之后，没有什么偶然的，人不是不会变，许多且都朝好的一方面走，但是需付出代价，努力进修，尤其要把涵养功夫练好，否则，依然故我，越老越讨厌。

少年人冒失、鲁莽、粗心、误解风流，随意造成伤害，好歹不分，盛气凌人，真是金裤子武艺，过些年，智慧发芽，一定懊恼不已，知耻近乎勇，会慢慢逐样改过来。

可是也有的人固执蛮横紧随年纪不改，索性不理会世人有什么意见，继续我行我素，变是变了，是变本加厉。

有人因失意而略为收敛，请勿误会他"穷则变，变则通"，一旦机会来了，非更加嚣张霸道不可。

什么人会变，什么人一成不变，经验是可以分辨的，环境、背景、学历、性格一早将各人定型，要变，还真不容易。

等

家母与我都喜欢等邮差。

邮差带来远方亲友的音信呀。

每个月不知收多少邮件，账单当然占一半，广告信又占其余的一半，天天在一大摞邮件中找家书，上海的亲人还没装电话，只有信件来往是唯一的通信办法。

到了约莫时间，自然而然抬起头看邮车来了没有，真是一种原始寂寞的盼望。

家母曾说："他们要是知道我这样在等，许会勤力地写信吧。"她比我痴心，我等等不见音信，立刻寻找旁的娱乐去了，固然茫然若失，转瞬间又恢复过来，态度与时下少年人谈恋爱相似。

过去时常做一个梦，祖屋信箱里的信塞得满满，不见父母拆阅，也不丢弃，非常烦恼，这梦做完又做，做完又做，巴不得找弗洛伊德的徒儿来看一看。

寄宿读书的时候，每朝八点半出门，邮差已经来过了，学生在门房放下钥匙，顺便自白鸽洞处取信，一边走一边读，那个时候收的邮件亦比任何人多。

你知道我在等你吗？大概不知道，他从来不叫人家等，不管用，人家也许等的不是他，要等的等到了，才有喜悦。

切勿勉强

碰到友人为孩子学业问题烦恼，总是死劝：不要紧的，他要读，一定会读，真不想读，就不读好了，听其自然，此刻辍学，过十年，再读也不妨。

他们总是不信，压力奇大，弄得头发白，胃气痛。

对待孩子学业最轻松的大约是家母。

大哥考燕京大学同时亦投考成功大学，数十年来她念念不忘两元银洋报名费："结果没去成功大学，白糟蹋两块银洋，能买两磅新绒线了。"她才不担心长子读哪间大学。

小弟自英读得机械工程博士衔归，她问："阿弟，你肯不肯读神学？"

她自有一套准则，轮到我，遭遇自然最惨："酒店管理！我怎么好意思同人家说你念这种劳什子。"哪儿会管你自费捱到呕白泡，她又没叫你去，你去了回来她又不觉荣耀。

可是这并不妨碍我们拼老命进修，故此千万不要催逼年轻人功课，要做自然会做，不肯做也没奈何，必定是遗传出了事。

勉强无幸运，又伤和气，划不来。

社会上知名成功人士，读书成与不成者各半，也许他是另外那一半。

客气

据说，最高明的老板，不但没有架子，还时时给伙计一个印象，是老板靠他。

真了不起，是以编辑们邀稿之际，通常客气地加一句："多谢帮忙。"诸同文千万不要飘飘然信以为真，这时，不妨尔虞我诈，来一句"多谢惠顾"。

一流老板，平时看不出架势，何必装腔作势呢。大权在握，升或降，去或留，自有主张，闲日采取不扰民政策，好叫伙计安心工作。

真正用惯用人的人家，对用人是极之客气的，东家出钱，工人出力，公平交易，主仆这种字眼，早已落伍，故有这个故事传出来：摩纳哥王妃格蕾丝·凯利还在生之际，一日宴客，女儿卡罗琳公主脱口而出："工人在哪里？"王妃大惊失色，连忙答："亲爱的，我在这里。"

工人长工人短，实在无礼兼小气，即使是普通人家，亦无须以此炫耀，家务助理以及司机、园丁，中上人家都负担得起。

某豪宅主人专聘一人，职责是换电灯泡，是有这种需要嘛，几百盏灯，轮流坏，已经叫该职员忙得不可开交，相信主人亦不会以此事到处夸夸其谈。

真正大老板一定礼待伙计。

贰

美的标准

十

潇洒的美、成功的美、谦逊的美……都是美，比五官长得好更为难得，而且历久不变。

夜归

　　某君喜夜归，并非冶游，不过是同猪朋狗友喝啤酒、吹牛、松弛神经，可是伴侣不谅解这个习惯，常生龃龉，成为损友话柄。

　　在外头与一群志同道合的仁人君子玩耍，时间的确易过，你一言我一语，酒过数巡，一晃眼已过深夜，那一位独自在家却闷得昏死，焉得不出怨言。

　　一定有办法吧，像阿甲应酬，必定携眷，如果另一半不宜出席，他必然婉拒该约，还有，她如不愿赴约，他十二时前必然退席，众损友揶揄他真怕老婆，他愉快地答："是，我是怕老婆，下回见。"

　　那另一半也应该尝试改变生活方式，找些事做，看小说，搓麻将，培养些有益或无益的兴趣，总胜过成日价痴痴地等，为小事造成压力。

　　大家都交游广阔，一到周末，分道扬镳，各自寻欢作乐，不亦乐乎，任何一方面都勿做受委屈、受冷落状，岂不更好。

　　他若真不喜她应酬太多，或是她老嫌他夜归，那么，理应有所牺牲。

　　到头来，不过是家人同我们在一起同甘共苦，家是要排第一的。

活 的 样 子

　　我所敬佩的同文如此写："活着不是很痛苦，但往往十分费劲，因为活着总得有活着的样子，不能对不起自己，不能失礼于人，精神物质都要有一定水准，结果便要付出许多努力。"

　　这是我心底的话。

　　活着真的要有活着的样子，衣服头面得四四整整，家居需洁净，工作要做好，不是为闲人，而是为自己，人到中年，切忌搞到亲者痛仇者快地步。

　　样样做到六十分，足以令人筋疲力尽，午夜梦回，但觉腰酸背痛，最好第二天不要起来。

　　但天亮既然下了床，责任有待完成，活着的写作人没有理由拖稿，活着的主妇没有理由不打理家务，活着的人没有理由不陪老友散心，于是时间照例不够分配，非黎明即起不可。

　　"你要用全速奔跑，才可以留在原地，如果要前进，得用双倍全速。"同文又这样引用名句。

　　为什么？因为不进则退，生活中光是同通货膨胀打仗，已经头破血流，正是，样样做齐，你不过是一个普通人，少做一样，你便是个不及格的人。

　　稍一疏忽，便沦为半死不活，更加折堕。

坏的一面

江湖郎中某技艺精湛，吃亏者众，有人幸保不失，全身而退，被问及秘诀，答曰："你们上当，是因为先看到他好的一面，我得以免疫，是因为先看到他坏的一面。"

一个人要利用人，当然先要把最好一面展示出来，什么大公无私啦，两肋插刀啦，义无反顾啦，重情轻利啦，等等，都会安排机会表演，务必使他心目中的观众帖帖。

暂时没有利用价值的人，当然没有资格欣赏这等演技，他们看到的，不知是幸抑或不幸，往往是赤裸裸的真面目，目睹身受此君嚣张乖诞，不可一世唯我独尊那套，自然心中有数。

日后，此君改了面具，转了声线，上门来有所企图，哪里还会上当。

自然步步为营，见招拆招，不是想打人，而是怕挨打，有充分准备，是以幸保不失。

若干高手反而吃亏吃到眼核处，有苦说不出，皆因轻敌之故。

有人要讨好你的时候，也就是危机四伏的时候了，这道理错不了。

睁眼瞎

十分喜欢看名人访问录，特别是名人吐苦水环节，那些红透半边天、炙手可热的人物忽然说起微时不幸遭遇，怎么样无端遭人践踏、受人讥笑谩骂，这个时候，机灵识趣的记者情不自禁会加一句："有眼不识泰山！"

其实初入行，谁没有受过此类委屈，关键在日后有无大红大紫，成功了，什么都可以翻案，通通是别人的不是，当年感情不如意？那人肯定是睁眼瞎，没有福气，彼时事业停滞？小庙自然装不了大佛。

人人都崇拜成功人士，我最爱听金庸讲他当年写《雪山飞狐》每月稿费七百港币的故事。

可是此刻有谁不肯好好写又特别斤斤计较稿酬，就会自心底烦腻地想：拜托，停笔算了。

美艳动人的女演员说起当年遭人遗弃，凉薄的观众不禁"呀"一声，幸亏如此，不然她哪里会尽心尽意发挥演技，她应向他三鞠躬，也许不必锦上添花，那人已经在吐血了。

是否池中物，稍有眼光，即可分辨，即使人家一世也不像有出息的样子，各管各办事，也不用仗势欺人。看！人家成功了，怎么办呢？挖个地洞钻进去？

白雪公主

美著名剧作家尼尔·西蒙笔下情节：女主角甲与女主角乙不和，一日甲递一苹果给乙，乙做有所悟状："啊，苹果，这剧情十分熟悉。"甲立刻回答："可是，你并非白雪公主。"

真的，是不是白雪公主自己应该知道。

一日，与老姐妹诉苦："那种人，只会得往别人身上刮……"

没提防她冷冷提一句："谁还能自阁下身上刮到什么呢？"

说得真好，你有张良计，我有过墙梯，谁还会输给谁，谁又是省油的灯，一味做忠良受害状，只会更不得人心。

他踩我，我不见得就乖乖坐在那里给他踩，家生奴才还没那么听话，海外劳工也会告到官里去。

我剃人眼眉，人当然落井下石，诸如此类，剑来箭往，一不小心中招，雪雪呼痛，也属常事，除非退出场子不玩，否则，愿赌服输。

下次再来嘛，说不定就翻老本了，一味抱怨诉苦，于事无补，都是江湖老手，三盘两胜，起码可以玩到最后关头，鹿死谁手，方有分晓。

不急不急，且慢化装成白雪公主，把真功夫拿出来，继续争斗。

花瓶

漂亮的女演员走红之后立志洗心革面，当记者说她有机会摆脱花瓶形象的时候，高兴得几乎哭出来。

真令人纳罕，做花瓶有什么不好呢？

大大的水晶瓶子，插满各式白色香花，客人进得屋来，一见一闻，立刻心平气和，身心舒泰，这样一个花瓶功德无限，使人觉得活着还是好的。

也不是每个人都有资格做花瓶。

有人充其量不外是一张书桌，主人虽然天天用上好几小时，却不一定会对之凝神欣赏。

又有一些人更似一台洗衣机，日日苦干，可是无人留意它的存在，有朝一日坏了，大家叫苦，又是另外一回事。

办公室里需要花瓶，交际场所需要花瓶，电影里当然也要有花瓶，奇是奇在所有花瓶都不想做花瓶，但他们当初受到追捧，就因为身份是美丽的花瓶。

进场不久，就开始厌倦，希望做个性巨星，可是演技派咬牙切齿，拼老命演出，所得之名与利，往往还不及花瓶一半。

怕观众看腻？不怕不怕，三五年后，已有足够积蓄归隐，专心谈恋爱去也。

鼎力支持

每个人身边都需要一位尽力护短的忠实伴侣。

我是不是白雪公主抑或小白兔，我自己当然知道，可是心情欠佳，大光其火之际，少不了苦水一缸缸，夸张地恨怨："瞧，赤胆忠心、天真可爱、贤良淑德的我，又叫这帮二流子陷害，天无眼，这些渣滓都是屎，我是瑰宝。"这种时候，火已遮眼，所说的是否属实，已不重要。

身为伴侣，千万不要企图分析、平息事态，身为伴侣，必须有难同当，一个劲儿帮嘴："嗯，是，九流垃圾，敢与圣姑试比高，找死……"多肉麻都不怕，这是伴侣的职责。

千万别别别主持公道，切切切忌讲道理："这就是你的不对了，公平竞争嘛，何故描黑对方？每个人都有好处……"人在气头上，最恨帮理不帮亲。

这种道理谁不懂，心平气和之际我让对方三子又何妨？一个人在心酸、气愤、委屈之际，所需要的不过是一点点安慰，几句好话，伴侣有义务做到，昧着良心也应该，因为还有不知几许艰苦需要逐一挨过，请不分青红皂白地鼎力支持伴侣。

不 要 等

有一首流行曲的歌词是这样的："不要等眼中有泪，不要等心中有悔，不要等那舞步停了歌声歇，你要给自己一个机会。"

其实歌词不过是劝一个人不要爱上一个不爱他的人，可是听在我们这些出来跑的人耳中，又别是一番滋味。

一份工作就是一份工作，尽心尽意，合理地高兴地做，可是有朝一日，看到四周的人面色开始孤寡，灯光转为惨淡，也就是告老还乡的时候了。

神经需比较敏感，切勿呆呆坐在当地直到心中有悔，趁有机会之际悄悄引退，有没有人相送不要紧，外边有西湖呢，大可泛轻舟去。

世界那么大，其余地方也有风景，何用一次又一次回头恋恋同一场子，该处或许已坐满客人，焦急地站在冷角落等人起立让位，何等凄苦。

舞跳到十一点半已可以离场，乐声萦绕，其味无穷，回忆起来，津津乐道。

切忌不住拍门，总还是想进去玩耍，被拒绝一次又一次，旁观者都牙龈发涩。

一直赞成见好就收，还有，见坏就更要收，免得眼中有泪。

充阔

都会中人均喜充阔，也是逼不得已，略为低调已经要给亲友瞧不起，总得有意无意露一露身家，免得自取其辱。

衣食住行的排场最易看见，当然需大做文章，那样才不会叫人践踏。

旁人说什么不必理会？能够这样想的人并不多，同事、亲戚、朋友……人人擅长挑剔，很难置之不理。

不充阔已经很勇敢，谁还敢装穷，不过，在普遍吹牛作大的情况下，荒谬地说一句，不夸大，反而是虚伪？世纪末，黑白讲之情况真叫人讶异。

于是乎飞机大炮核子弹航空母舰那样乱吹牛，有谁维持缄默，那人即是大大不妥，恐怕是三餐不继了，否则，怎么会连吹牛的力气都没有了呢。

穿什么、吃什么、住在何处均要公开，连移民到外国都不忘寄套照片回来：花园洋房地大若干，售价多少，装修费又几许，证明水准不差，如否，就是穷得不敢见人了。

赚得能维持生活，向自己交代已经很不容易，还需充阔，即是感到不足，那也就是穷，明明什么都不缺，心态却不觉富裕，划不来。

豪 华 童 装

电视喜剧《墨菲·布朗》女主角墨菲·布朗是单身母亲，终生致力于事业的她不懂育婴，也不会与其他母亲相处，她有一次因炫耀"我儿穿的是阿玛尼童装"而遭到白眼。

幼儿应该穿名贵童装吗？我是十二分不舍得的，三个月后就嫌小了，略置一两件考究些的外出服尚可商量。余者，等他懂得开口要求的时候再说吧。

每个家庭经济能力不一样，花钱的优先次序也不同，我可能比较苛刻，但是几岁大孩子，同时间拥有两双鞋子，也算足够了吧，又不是要跑天下。

查尔斯小时候，他妈抱着他在阳台检阅军队，新闻片中所见，连鞋袜也无，赤足，可是大抵没有人会怀疑他珍贵的地位，他儿子亨利的衣着也普通得与寻常百姓一般。

在报上时常看到童装广告，千元一件风衣，宣传得无比通爽舒服，可是有经验的主妇立刻莞尔，相信我，这并不会令一个孩子学业进步，百元一件的风衣已完全有同等功能。

放到洗衣机里洗过三五七次，看上去也差不多，没有什么分别。

不过话说回来，漂亮小女孩穿漂亮小裙子看上去真可爱，穿得起，穿之可也。

不是归宿

20世纪60年代，一般女子都以婚姻为依归，一过二十一岁，忙不迭找对象，这种社会现象足可写七本论文。

奇是奇在连电影演员也作如是观，崭露头角，刚红起来，掌握到演戏技巧，却一个个开水熨脚似的结婚去。

电影是非常有趣的一个行业，做得好名利双收，故"引无数英雄竞折腰"，虽然观众一贯崇尚青春派，但今日年过三十而仍然红透半边天的男女演员大有人在，何用二十一岁结婚退休，简直如入宝山而空手回嘛。

真正能够金盆洗手，从此隐逸，倒还无所谓，观众无限依恋，讲起来，语气温馨。

不过，一位资深娱乐版编辑说过，电影界鲜见复出成功的例子。

不幸的是许多女演员仍有最高峰必须退休情意结，大概是看过太多潦倒的前辈，吓坏了，故不想磨烂席，其实，她的高峰也许在十年后才会来临。

十多二十岁经验不足，演技稚嫩，不过靠一张漂亮面孔收买人心，非要假以时日锻炼，才会成为出色演员。

今日女性已不会为结婚而结婚，还有，婚后也很少言退。

前 头 人

现代人在结婚之前，均与一个以上的异性约会过，那些人，大部分不合你我之意，也有很多时候，不是不喜欢，可惜阴错阳差，没有结局。

那些人，正如同你我，最后也都找到终身伴侣，养儿育女，组织家庭。

这时候，对方为人如何，是否可靠，抑或才疏学浅，虚伪如故，全与前头人无关，他已有伴侣子女，只要他家人肯收货就可以，旁人的意见，不必理会，旁人似乎也以维持缄默为佳。

一切已成过去，无谓多讲，人家值一百分或零分都不起作用，他快乐或悲哀，也通通是他的事，根本是陌路人，正是见了面招呼都不必打一个，还谈什么往事。

好事之徒若必要殷殷垂询，最佳方法是笑眯眯："忘记了。""真忘记？""真忘记。"

之前他的确同她走过，彼时年纪、环境、想法、能力都不一样，日后疏离生分，终于分手，常事而已，谁会认为这是不良记录呢？有人还觉得异性朋友多是荣幸。

拿出来指名道姓逐个批评，又是另外一回事，那是比较差的一种行为。

没有好人

奇怪，若干同文笔下，简直没有好的男人，小说中人物通通三妻四妾，欺骗女人，利用女人，对女人动粗，最终还要抛弃女人。

一个好人都没有。

这是否作者生活经验的累积，不得而知，但一而再，再而三，个个故事如此，男与女之间，只有欺骗行为，一点罗曼史也没有，倒也是怪事。

环顾四周，许多人婚姻都还过得去，虽然不至于美得冒泡，但都算殷实可靠，纵使意见不合分手，也属无奈，并无存心欺骗。

观点那么悲观的同文有些还是青春少艾，在男女十分平等的环境里长大，不知怎的，却老是坚持男人不是好东西，这些小公主不知是否为赋"旧词"强说愁。

其实好男人同好女人一样，绝对不少，百步之内，必有芳草，改天不如写个故事，说一说男人的委屈，他如何舍己为人，把终身毫无保留奉献给一个女子，结果年老色衰走下坡，被她一脚踢开，潦倒街头。

没人要看？小说读者情愿看一个女人吃苦？难怪呢！

莫羡人

小朋友说，她每次去买衣服，都看见一个女子，慢慢地逐件试，好像什么正经事都不用做，优哉游哉，十分舒适，于是，她羡慕了。

不必。无论如何，都不必艳羡这种人，她们是极之凄苦的一类人。

试想想，自早到晚，一件正经事都不必做，一点责任也无，成日价逛时装店、坐美容院、打牌、喝茶，相信我，这种日子超过三个星期，会变成一种刑罚，感觉一如游魂野鬼，绝不好受。

我们觉得放假过瘾，皆因假后可以返回工作岗位，我们希望退休，因为工作上已经做出成绩来，与一生浪掷完全是两回事。

今时今日，许多名媛都千方百计想做点事，不是开公关公司，就是搞慈善舞会，为什么？时间比较容易过呀，不然看着永不移动的时针秒针，真会失声痛哭。

工作永远有苦有乐，极忙极烦之际，人人都盼望最好什么都不用做，可是一转顺风，又孜孜不倦地做下去。

工作予人的美感与荣耀，绝非时装首饰可以追得上，何必去羡慕人？她们羡慕你还来不及呢。

一样欢喜

亲友来看我，荣幸之至，倒屐相迎，必定一早起来打扮停当，准备香茗，见了面，重拾旧欢，闲话家常，真是天大乐事。

亲友不来看我，也一样好，一家子睡到日上三竿，懒洋洋盘算下午如何消磨，照常生活，优哉游哉。

亲友愿意锦上添花，固然欢喜，如不，自备织锦一张，挂在客堂间，照样花团锦簇。

一定要学会自得其乐。

有人为了得不到某宴会的帖子而烦恼扰攘，真叫我纳罕，有得去，不妨热闹一番，没得去，免妆饰，免应酬，岂非更加省事，这同面子何干？做好本分，人人有头有面。

能为这种小事烦恼，可见其人骄矜珍贵，眼睛里揉不进一粒沙，我等平日至大头痛乃是：一、稿费版税不加。二、长篇没有题材。谁喜不喜欢我，不在计较范围，口头禅是笑问："会延年益寿吗？会导致加稿费吗？"如不，理它做甚。

人缘好是一流功夫，但需付出无限时间精力经营，自问这十多年来除了写作就是瞌睡，求仁得仁，活该哪里都不用去。

酒徒

美国大学生酗酒问题严重，常有酒精中毒喝死的例子。

老师、家长、心理学家都痛心地问为什么。

有一段时间我也喝得很厉害，今日想起来，完全知道为什么，是因为恐惧，觉得无法应付现实生活。

那时年近三十，不再年轻，又自觉一无所有，故不想昂然进入新中年行列，满是力气，可惜卖不到好价钱，一到黄昏，但觉茫茫然不知何去何从，最好的办法便是一杯在手，浑望明朝。

幸亏有酒，否则紧绷的神经折断更不堪设想，直喝了好些年，情愿挨宿醉，醒了则拼死命做，白天打工，傍晚写稿，周末写剧本，每晚必喝威士忌加冰，香醇可口，诚为精神一大寄托。稍后不能解决的事渐渐逐一解开，喝酒目的也由逃避变为怡情，还是喝，已不大昏死。

记忆中住宿舍的同学在抽屉中大都藏有一瓶二号白兰地，大考时精神抑郁，喝一口可以解闷。

人生每一个阶段，总有想喝上一杯的时候。到了今日，走过酒铺，看到百龄醇酒瓶，还非常有亲切感，像见到老友一般，从来没想过要戒，一待有空，必定卷土重来。

灵肉不一

少年时总以为人类的灵肉合一，同步进化，同步衰老，现在，到了一定年纪，才发觉事实并非如此。身体比思想衰老得快多了。

一位美丽如昔的友人说："不知怎的，我老是当自己才二十八九岁。"差点没叫出来：我也是我也是！可是肉身不予合作，相形之下，老了一大截。

有时身体不适，躺床上，动弹不得，思维清晰，去到极远之处亦无困难，但是躯壳被拘束在固定的地方，徒呼荷荷，此时会得对肉身抱怨：我迟早被你所累。

虽然没有法律规定人到中年不能做这个不可吃那个，不过人贵自重，人贵自知，故不再穿喇叭裤梳娃娃头，有了束缚，灵魂不得惬意。

外形还属其次，最显著是体力大不如前，十分悲怆，从前，一个上午可写一篇万字短篇，完稿之后还可以赴午饭之约。还有，旅行之际永不言倦，在罗马步行一个多小时找到乌菲齐美术馆看一幅波提切利之类是等闲事。

现在来回只想坐头等舱，不过是因为可以摊直身体睡。

一个年轻活泼的灵魂，被困在一个中年女子的躯壳内，难怪郁郁寡欢，鲜花牛粪嘛，故愤愤不平，牢骚不已。

《半生缘》

朋友喜欢《半生缘》，而我不，整个故事气氛如此沉郁，到了完结，不幸的女主角始终没机会扬眉吐气，照样得腌臜地生活下去。

当然不及《倾城之恋》好看，女主角笑吟吟一句"你们以为我完了吗？还早着呢！"，令读者自心底笑出来，拍手称好。呵，她终于修成正果，多么痛快！

生活中也希望看到明朗愉快的人与事，他同她分手，找到更好的，起劲地创业持家，成绩斐然，多好。

事与愿违，生活中大部分结局像《半生缘》，换来换去，兜兜转转，结果那个她的相貌、学历、性格、才华均攀不上及格，不相爱不要紧，双方甚至毫无尊重，就这样，大半生已经过去。

既然如此，当初何必造成那样大的创伤、那么大的扰攘。

我希望看到男主角练成神功，升为教主，女主角得偿所愿，傲视同侪，善有善报，恶有恶报。

为什么不呢？在现实不可能，故寄望于小说。

真实生活苦难重重，荆棘遍地，苦闷无聊之至，你爱看《骆驼祥子》？我不要看，我爱看华丽的俊男美女故事，赏心悦目。

压力

真没想到，与老人通电话，会造成那么大的压力。

友人说，实在不想打电话回家，听到的牢骚怨怼太多，又爱莫能助，自己一家已叫她忙得透不过气来，一日在切洋葱时落泪，三岁的小儿子在一旁问："妈妈你何故哭？是想念公公吗？"苦不堪言。

弟说那时定期每月月初及月中与母亲通话，也是紧张不已。我的难题是不晓得讲什么才好，那么健谈的一个人，平时与猪朋狗友、损友讲起电话来，简直不知黎明已至，或天色已黑，可是对老人，只能问："好吗？"他也只能说："好，你们好吗？"我又只能答："好，我们也好。"不好，敢说出来吗？

打这个电话之前，先要拨好闹钟，以免事多忙乱，一下子忘得一干二净，害老人空等，那么，记得拨闹钟也是一宗心事，每个星期六，自下午一两点开始，已紧张得不得了，那压力之大，比准时交稿超过百倍。

电话接通，又得把最好的声音拿出来："好吗？"至怕听到他说寂寞，整个周末都不能释然。

于是做梦了，梦见已是星期一，哎呀，忘记打电话，补打可还来得及？焦急忧虑惊醒。

怀念

　　天下无不散之筵席，朋友总有疏远的一日，其他的还可以勉强忍受，每次想起西西，往事不住浮现，感觉十分苍茫。

　　有一个时期，我们常常见面，以至穗侄问："姑姐，你同西西阿姨行咗几耐（你与西西走了多久）？"倪太连忙更正："阿女，男同女谓之行，女同女不用此字。"但也由此可知，我俩曾经是亲密的。

　　1975年夏季约会，还可以从中午到傍晚一直谈五六个钟头，1977年在杜杜家见面，已经有点隔膜，主要原因是我觉得年过三十，应当有个打算，尽为理想，恐怕要吃苦。

　　在英国读书三年，因经济情况差，屋里没暖气设备，出无车，食无鱼，使人深切了解，这样下去不是办法，总得先想法子把经济搞起来。

　　回到香港，一人兼数职，礼拜天都跑到电台做节目，一切从头开始，夹着原稿四处找出版社，带着文凭整日在中环找工作，非常辛苦非常钻营非常疲倦，放下工作，已无话可说。

　　是这样疏远的吧，到1982年在置地广场偶遇，一起喝过一杯咖啡，就不曾再见面。

　　一生中并没有发生过什么太好的事，故对往事并无太大留恋，较年轻时与西西那段毫无利害关系的友谊，却常叫我怀念。

唯一办法

朋友讲到某人，叹口气，说："对这种人，最好的办法，是当他没到。"

不幸不是最好的办法，而是唯一的办法，因并无选择，只能当他透明。

无论他怎样叫嚣、嘈吵、骂战、挑衅，言语间甚至牵涉我们的祖先，仍然只得维持缄默，当世上没有这个人，人间没有这件事。

绝对以不变应万变，唯一的方法是当他不存在。

他不是 N 君，可以交换意见，他不是 C 君，可以点名问候他，他也不是 K 君，可以揶揄几句。

讲得坦白点，要是同这种人计较，眉毛稍为扬过一扬，已经什么地方都不用去，就在江湖上走了那么久呢。

这样忍耐，是不是很辛苦？又不是，社会大都还有公论，看得出是非，这类人也早已付出昂贵代价，大家避之则吉，也挺寂寞。

口出狂言至容易不过，日久收效，坏了名声，无人请教，遂放逐到一角，始终不上台盘，于是心有不忿，更加狂妄。

后来心理就变得有点奇怪了，老希望有人回骂，你会不会满足他呢？

会错意

一位名人说：记者来做访问的时候，明明开着录音机，可是稍后看到访问稿，文字与他的意思却有很大出入，大方的他，没怪别人，只是怀疑他个人表达能力差。

世上多心的人实在不少，讲话焉能不小心，故此近年来，尽量少说，努力多写，文字至少可以改几次才交出去，可是一言既出，驷马难追。

愿意会错意的人太多，任何一句话，转述时都可以扭曲来说，但求有震荡感，哪里还顾得了当事人的感受。

人家说什么，我也时时听错，起码搁在心里有三五分钟不自在，故此除非是很熟的熟人，干脆不来往。

你的幽默，在人耳中，可能即是挖苦，你那些劝喻，对方听了，深觉含太多贬义，你认为话讲得再公道没有，才怪，人家却觉得你百分之百护短。

气馁的时候，认为好似从来没有说对话，永远词不达意，造成误会。

最惨是写专栏这份工作其实就是天天同读者讲话，挑剔敏感的他们随时会得多心地拂袖而去，于是改改改，用字一日比一日浅白，唯恐表达能力有所不逮。

合不拢嘴

一位名人，几次三番被记者这样形容：笑得合不拢嘴……快乐得合不拢嘴……一直合不拢嘴……以致有漫画讽刺曰：去把他的下巴托回去，那样，嘴才能合上。

不知怎的，我从没见过友人有合不拢嘴的情形。

不不不，他们也均是要名有名，要利有利的人物，也算得上一帆风顺，无忧无虑，生活非常美满，可是，即使在最成功的时刻，也从不踌躇满志，更不会得意得合不拢嘴。

不不不，别误会，他们也并不是不快乐，只是涵养好，对每一件事的得与失都看得十分通透，故不会大悲大喜。

有所得，一定是付出过劳力心血，那么，又何用沾沾自喜，失败了，大可下次再来，亦无须跌足懊恼，故能把悲与喜控制在某一个范围内。

白手兴家，誉满全球，赚得十二亿退休也不会笑得合不拢嘴。

嘴巴动辄笑得合不拢的人，性格一定十分可爱，至少坦率天真，想到居然天降鸿福，又偏偏平白无故地选中了他，怎么还合得上嘴巴。

主妇

超级市场一少妇推双座位婴儿车购物，有人问："孪生子吗？""不，还有一个两岁。"我去张望一下："婴儿一个月大？""不，一个星期。"

生养后数天便能如常操作，照顾家庭，当然，如果真正爱家，苦差也可以熬过来。

现代社会女性越来越晚婚，因为都不想陷自己于不义，经济情形差而妄然组织家庭，最终吃苦的仍是妇孺。

等到经济起飞，独当一面之际，又不肯去做那样平凡而且吃苦的工作了。

先进国家人口数目一直滑落，皆因越来越不见小国民出生。

女性无论打算以哪一种生活方式终老，都必须先搞好经济基础，那么，做家庭主妇可随时聘家务助理，做老小姐可以年年环游世界，做长辈可资助小辈，想做生意口袋里有本钱。

某小姐为什么不结婚？正在整理乱成一片的卫生间的主妇不禁"扑哧"一声笑出来，人家是晶光灿烂的一个人，怎么会蹚这种浑水。

主妇做久了，怎么看都似烧煳了的卷子。

多心

其实还不算是个多心人，不过出来走了那么些年，再不学会看人的眉头眼额，也真的甭混了，于是近年亦略谙鉴貌辨色之道。

多心是好事，一看到谁谁谁稍露厌恶之情，立刻识趣地笑笑站起来告退，避免尴尬，多好。

多心的人不会同任何人太过亲近，尤其是老板、上司与行家，一个人的心是世上最黑暗的角落，你怎么知道人家在想什么，不如客客气气，一句起两句止，千万别大谈写作心得或是单行本销路，太私人了，引起不便。

多心是一条防波堤，好处说不尽，老看到一些毫无机心的人夸夸其谈，十三点（指傻里傻气）兮兮，就是不够多心之故：没考虑他人感受。

多心的人自爱，故甚少出丑，让人家知道我多心也不错，人家言语怎么都小心点。

言行要完全没有棱角是不可能的，总会被人得罪，或是得罪人，令人不高兴，或是被人整得不高兴，多心派上用场，少说几句，已是功德。

少年时一头雾水，种下许多杀身之祸而懵然不觉，今日总算生了警惕之心，不过，要说的话仍然忍不住要说。

浪漫

浪漫是一种心态，绝不等于玫瑰花与烛光晚餐或是跳舞到天明。

我当然不算浪漫，故此对一般人眼中的浪漫行径，有点反感，像某男生放弃学业跑到异乡去追随女友，马上只觉得此人没出息，唏，他父母会何等失望！

那，什么是浪漫呢？

不辞艰苦追求理想至为浪漫：他一定要走这条路，从事该项不牟利事业，锲而不舍，牺牲一切在所不计。

半途而废后名利双收，可是始终念念不忘当初理想，因而成全他人，亦堪称凄迷的浪漫。

可是两者均与男女私情没有关系。

在我心目中，行家如西西、石琪、吴蔼仪、李怡、胡菊人诸君均生性浪漫，如不，文字怎么会如此优秀。

那些一直在篇幅中形容如何与异性纠缠谁是谁非的人，不但不算浪漫，还要入猥琐类。

他弃家庭于不顾与新欢私奔可谓浪漫？对不起，那另外有个名称，叫欲火焚身。

亲友与钱

朋友尚有通财之义，何况是亲密伴侣。

人有三急，怎么好见死不救，大抵不应划清界限，钱归钱，人归人，情归情，普通朋友上得门来，开得了口，亦应衡量轻重，该借就借，量力而为。

有些人肯替伴侣偿还赌债，旁人自然觉得纳罕，倘若那个人真正不值得相处，应一刀两断，断绝往来，而不是亲亲热热。

还有，倘若那赌徒偏偏能给阁下提供无限欢愉，其他人无论如何做不到，而阁下偏偏经济能力甚佳，那，替他还还赌债，又算什么呢？稍有生活经验的人都渐渐知道，人生路上，原来至多的乃是名与利，最罕见的是良辰美景。

花得起，花点钱，大家开心，何乐不为，何用斤斤计较，守住荷包，扬言爱是爱，钱是钱。

这里不是讲牺牲，一方硬是要另一方死而后已，有欠公允，有朝一日，他会清醒过来，拂袖而去，这里说的，是互相照顾。

世上其实没有任何事与金钱脱得了关系，我之所以搞到没有亲戚、没有朋友，皆因性格不够疏爽，一杯茶起一顿饭止，谁睬你，非得赠楼送车荐工，才算够人缘。

美的标准

到了 20 世纪 90 年代，女性长得美当然仍占优势，不过美的定义已分许多种类，即使五官略为普通，但俗云，"腹有诗书气自华"，倘若她是某一行业中的翘楚，气质风度一定有可观之处，这已是最难得最经看的美。

经济不能独立的人，美极有限，社会对美的标准，要求日高，绝非三十年前可比，长相再美，而要成为他人生活上的包袱，相信对方亦要三思。

演艺界最美的美女，通通自力更生，年入八位数字，为工作废寝忘餐，有时还出生入死。

相信现今已没有人对着镜子落泪只因长得不够美，一些美女曾抱怨长得太美使主顾客户投不信任票，直至年过三十，才能凭真功夫说服有关人等。

今日，不同类型的性格均获社会尊重，男女办事都讲究效率，不必像从前那么懂事，写一段稿都得站起来敬酒："各位叔叔伯伯，请多多指教。"

潇洒的美、成功的美、谦逊的美……都是美，比五官长得好更为难得，而且历久不变。

所以美女们仍需努力。

等了那么久，这一天总算来临，不禁老怀大慰，历年来为犟头倔脑吃的苦，亦得以平反。

苦况

"有多少买花人与赏花人仍会知道花农的苦况呢……"

可是，我们其实无须知道任何一种职业的苦况。

正如戏院观众不必理会导演与演员有多辛苦，还有，读者也不用同情编者与作者是否从早做到晚，或者清道夫有没有得到应得的待遇。

世上每一份工作都需注入千担心血，更承担万般忧虑，通通不足为外人道，消防员、基金经理、小学教师、时装模特、房屋经纪……全部是艰苦营生，可是，那既然是一份职业，就得做好它。不辛苦为什么叫谋生。

医生、律师、建筑师、总督、歌星、小贩，统有其为难之处，做一行怨一行，可是，只要主顾欣赏捧场，已经是足够的报酬。

任何工作最惨的并非过程辛苦，那是一定的，最痛苦的是工作成绩出来了，但乏人问津，场面冷清。

那才是最大打击，人人都会得说"哎呀，莫问掌声，埋头苦干"，可是有几个人可以沉得住气。

总希望客似云来，赞声不绝吧，每朝清晨六时起来写稿不是问题，写完之后刊出，有读者天天追着看，不算苦。

思 亲

讲起来，都很看得开，深明大义，当然，人年纪大了，总会离去，人人都在排队，迟早轮到自己，可是一旦老父或老母真的魂归天国，通常还是悲痛不已。

第一个反应是晴天霹雳，然后大哭至头都肿起，眼几乎盲，最好也跟着直赴黄泉，一了百了。

悲痛过后，办妥后事，只觉了无生趣，生你那人都已经不在世上，活着还有什么意义，以后再也不用过生日，不明白老人又不妨碍社会进展，穿的吃的不过由子女省下供奉，为什么竟不让他们多活几年，继续看看报纸，通通电话。

到了墓地，发觉漫山遍野都是碑坟，才彻底了解，自此以后，再无见面机会，几乎跌坐在地。

三两年后，活还是活下来了，因为有许多俗务不得不予以打理，忙得不可开交，伤痛缓缓愈合，可是晨曦、黄昏，半夜听见窗口有响声，总想是老人精魂回来探望子女。

其实是没有可能的事，此际理智全不受用，像是回到极幼小极幼小的婴儿时期，一转身，不见了母亲，蓦然张嘴大哭，泪如雨下，唯一区别是，彼时大人一听到哭声，会马上出现，急急道："妈妈在此，妈妈在此。"

支持

友人去做新职，反应是"我支持你"，过一阵子，友人又决定退下来，辞工不干，反应也是"我支持你"。

她大乐，问我："你到底支持哪一样？"咦，两样都支持，即使他犹疑不决，骑墙，也照样支持。

朋友要来干什么？支持嘛。

做，他自有做的理由，或许坐在家里久了觉得闷，或许需要一笔固定收入，或许对那份工作有强烈兴趣，自然鼓励他去上班。忽而不做，也一定有原因，可能工作时间太长，可能发觉力不从心，可能人事太过复杂，于是他改变主意，打道回府，当然也要支持。

任何情况都予以精神支持，为什么不呢？我们还能为朋友做些什么呢？

对于敌人，才不用这样客气，他若往上爬，大可揶揄他贪慕虚荣，他摔下来，大可讥笑他不自量力。可惜许多人敌我不分，竟日泼朋友冷水。

大家都是成年人，无须他人忠告，他之所以那样做，相信一定是在那个时候、那个环境非那样做不可，有不得已之苦衷，并无选择，劝告无用，不如盲目支持，有钱出钱，有力出力，甚至光出口惠。

一条路

连我这样年纪的人，都认为女性其实只有一条路可走，那就是先搞身心经济独立，然后才决定是否要成家立室，希望工作可与家庭并重。

不知怎的，年轻的小朋友却表示渴望做金丝雀，受保护，被宠爱，一生无须挣扎，生活有人照顾。

那是另外一个世界，另外一种营生，在这地球上，每一件事都有阴暗面，我们生活在一个真实的世界里，没有什么无须付出代价。

工作所需付出的精神、时间、心血，完全没有秘密可言，光明正大：竞争，失败，再起，成功，升上去，努力，获得报酬，达到目的。

那另外一种营生，黑幕实在不足为外人道，亦是一条血路，一般是"一将功成万骨枯"，我们所见到的，只是状元花魁的表面风光，一个人要长期在另一个人手中讨生活，无论如何是痛苦的。那一行沦落起来，又可达万劫不复地步，不如自力更生，工作能力一旦获得社会赏识，则要名有名，要利有利，自信十足，顾盼自如。

那么多妇女放弃老路不走去走新路，可见老路上自有不可告人之荆棘，而新路亦自有可喜之处。

老 人

经过观察，发觉老人可分两种。

一种到了八九十岁，凡事看开，性格豁达乐观，什么都包涵容忍，一切无所谓，简直有御风而行之逍遥潇洒，衣食住行均随和之至，钱财更是身外物，除所需之外，均布施亲友，平日嘻嘻哈哈，绝不谈生死问题，只挑当年逸事来说。

这样的老人，活至耄耋，也受小辈尊重欢迎，躯体虽然老化，思想却精灵智慧，不枉此生。

另一种老人越活越斤斤计较，益发纵容珍惜自身，对于一杯茶、一碗饭，甚至一盆洗脸水，均啰啰唆唆，千般挑剔，再好也还是不够好，子子孙孙，人人叫他生气，没有一个合眼缘，个个言语无味，话不投机，故此他一定要自作打算，自私自利，一意孤行，无须替任何人着想，天地虽大，只有他一人至尊至大。

这种老人往往叫小辈退避三舍，正是应付同样难缠的老板，以至于没法子，下了班，免受罪。

我老了会是怎么样？假使真能够活到那种年纪，即使死性不改，挑剔如故，至少表面上，自问可以做到平易近人，和蔼可亲。

这是做人最起码的道理。

叁

小题大做

+

生活一向苦乐参半。

青 春

杂志上的信箱主持人常接到这样的读者信："小妹已虚度了十八年的青春……"

其实不论男女，青春岁月均十分宝贵，不可浪掷，切忌虚度，需小心处理。

男性的青春亦会遭人耽搁，男人也会老，除了少数强人，名誉地位超卓，挥洒自如，不受年龄困扰之外，一般男人，其实十分不经老。

试想想，年过四十，一无事业，二无积蓄，身份岂非比平凡女性更为尴尬，社会对男性要求颇为苛刻，总期望他们做些成绩出来，养家糊口是起码功夫。

故对女友忠告：合不来，速分手，别浪费他人青春。他不娶她，也总会找到其他对象，一样照顾他生活起居，组建成幸福家庭。别拖延耽搁人家，待他人老珠黄，还叫他如何成家立室。

干脆点，别连累人，既不说不，又不说是，一方面努力事业，另一方面又希望身边有个人，十年过后，她事业闪烁生光，生活又不愁寂寞，他却一事无成，黯然失色，多不公平。

用不着他，最好叫他走，他也统共只得那十多年青春，转瞬即逝。

喝 彩

同赴一个目的地，有些人走的道路就是迂回点，兜兜转转，颇吃过一点苦，终于到达了，像我这类观众，便会大声喝彩热烈鼓掌，拼命打气。

人家是真正努力过的，声色艺俱全，工作态度也极佳，不知怎的，一直以来，总是欠缺一点点运气，只得默默等候，不气馁，不抱怨，耐心做好本分。

每个行业都有一炮而红的明星，条件好，机会更好，甫一出道，就大受抬捧，短时间内即攀上一流位置，得来全不费工夫。当然，日后地位还需靠个人努力维持，但是已无须挣扎，只要坐稳，就简单得多。

年年都有新彗星涌现，谁谁谁有潜质，有经验者一眼就可以看出来，但是，有几人可以坚持到终点呢？

部分知难而退，部分变成玩票性质，部分意兴阑珊，渐渐淡出，如果有人锲而不舍，终于凭真功夫打出一条路，自然应该得奖。

这种现象，在演艺界特别明显，新面孔一批批涌现，一批批淘汰，每人出名五分钟，一过季节，即成前辈，在文化界，那种年纪，往往还只算是少壮派。

迟些红也有好处，得来不易，懂得珍惜，因而红得更久，更好看。

勇气

常常看到这样的新闻：汽车堕河，途人经过，不顾一切，跃进水底救人，而那英雄不过是体重不足五十公斤的女教师。

还有，小童游泳遭鲨鱼吞噬，岸上正在晒太阳的中年银行经理硬是单枪匹马把那孩子抢救上岸，孩子存活，全身缝了二千针，可见情况惨烈。

那种勇气从何而来？事发之前，也都是普通人，不过有一个共同点，事成之后，所有的英雄，都会轻轻说："每一个人都会那样做啦。"

才怪，我就不会，一见危险，立刻牙关打战，双膝发软，十分懦弱，自问只有要求加稿费的勇气，有时鉴貌辨色，见势头不对，连加字也不敢提出来。

舍己为人是极之难得的一件事，坏人坏在存心叫别人牺牲来成全他的私欲，好人好在牺牲自身去成全别人，好人坏人一望即知。

再次一等，可是也十分难得的，是在灾难后维持斗争的勇气，美国加利福尼亚州遭水浸后，一户人家贴出告示：此屋设有室内泳池。

多么有幽默感，精神不灭，随时从头再起。

真佩服勇敢的人。

改变

事业成功真可彻头彻尾改变一个人。

小生甲专爱闹绯闻，工作态度懒洋洋，多年半红不黑，偶然主演某剧集，不料大受欢迎，忽然之间，精神有寄托，收入大增，时间都用在工作上，已无暇结交女友，整个人正气起来，前后判若二人，晦气尽去。噫，成才矣。

小友乙学成归来，吊儿郎当，无所事事，在熟人铺子里挂单，心神与方向均不定。一日，心血来潮，福至心灵，忽然做起生意来，数年间名利双收，连面容都端庄起来，相由心生，信焉。

事业上成功令一个人得到自尊、自信，继而珍惜自己，尊重他人，原来孤僻的人会变得温和宽厚，斤斤计较的人有机会变得落落大方。

成功补偿一切，成功使人淡忘过去种种不如意事，成功使人精益求精，努力向前。

从前一般说法是正在恋爱的人看上去特别漂亮，能够恋爱是成功地得到心中钟爱的人，也是最难争取的一种成功，当然值得容光焕发。

事业成功代表精神与物质满足，当然浑身散发晶光。

工作能力

在美国，年入二十万美元的妇女算成功人士了，一本妇女杂志做了抽样调查，报告如下：大部分说，假如她们是男性，则更容易为社会接受，百尺竿头，可更进一步。

这是可信的，男子扬名立万，乃是必须，女人有什么必要强出头？即使在香港，这种想法仍属普遍。

百分之三十七的高薪妇女又认为，她们的错误是留在某职位上太久。这也的确是，若要薪水一倍一倍那样加上去，非具冒险精神不可，一定要有勇气跳槽，否则，每年加百分之十二，到老也不过如此。

最后一个发现相当有趣，一半以上的成功女性说，事业上的成就给她们很大的快乐与满足，老实说，没有钱，也不会放弃目前的职位。

这叫作"今日难得有人需要我"，理应即刻扑上去报知遇之恩，机会不是天天有，不久之前，同样的精神力气沿路廉价兜售都乏人问津，今日，有人礼贤下士，又表现出一定诚意，就要抓紧机会了。

工作能力被欣赏认同，乃天下一大快事，为生活而做，与为展示能力而做，是两个境界，两回事，后者为我所向往。

非主流

自问从来不是主流派作者。

每一阶段，大红大紫，出尽风头的，都另有其人。

数一数，20世纪60年代有谁同谁，70年代又有某与某，80年代则甲与乙大放光芒，而90年代，又轮到小妹妹登场。

他们才是主流，读者如痴如醉，中国大陆及港澳台地区、北美洲、新马泰，均有拥趸。

主流派作者最明显的特征是风头大得一时无两，十分绚丽夺目，不容忽视，无法装作看不到。

作品讨人喜欢，几乎即时结下不可解的读者缘。

这叫作明星作者。

非主流派走的完全是另外一条路，也不大理会社会需要的是什么，亦无所谓谁迎合谁，一直照写可也，姿态有点疲懒，从不做市场调查，亦无推广宣传，简直任由事业自生自灭。

当作公务员一样，服侍大众。

一般说法是，做文艺工作，最好在最红之际，悄然引退，可是从未红过，真不知从何退起，退与不退，可能也无所谓。

课外书

小女自学校图书馆借回故事书叫老妈读。

真要命，那些儿童故事之乏味、之无聊、之啰唆、之荒谬，打零分。

不肯读，免得浪费时间精力。

大量优秀的课外书：《水浒传》及《红楼梦》连环图、世界七大古迹与七大发明的立体书、《国家地理》杂志社出版之《宇宙奥秘》、目击者丛书的世界地图、花生漫画儿童字典、全球各大博物馆藏品目录、印象派大师画册……

还有，珍藏的儿童乐园、杨柳青年画、八大山人全集，都深受幼儿欢迎。

希腊神话、安徒生童话、超人漫画，通通都是课外教材，大人看，小孩也看。

有一种文字，矫情做作，硬是说写给小读者，低估幼儿智慧，最最难看。

稍后，则读《射雕英雄传》《碧血剑》、卫斯理故事及《块肉余生》[1]。

孩子们也生活在真实世界里，自然也需要读成语故事。

---

[1] 即狄更斯的小说《大卫·科波菲尔》。

压力

太平时节，至大压力，必须淡然处理不愉快事件，即使心中不高兴，面子上不做出来。那样虚伪，自然非常地累，故此要多睡一两个小时，功夫来不及做，脾气更加急躁，继而影响胃口，食欲不振，健康水准下降，情绪更差。

最惨是面对幼儿的时候，还要挤出笑容，做若无其事状。他们也很多心，一见大人面色不对，会得忧心忡忡地问："你累吗？你不舒服吗？你生气吗？"一定要演技精湛——否认。

我们这一票人辗转反侧，实在不值得同情，不外是生性贪婪，想得到更多，基本问题早已解决，那样，一个人焦虑已经足够，不必嫁祸家人。

这种情况拖上一两个月，黑眼圈来访、眼角发炎、口腔溃疡、胃气痛……百病丛生。

忽然之间，问题解决，整个人飘飘然，轻松万分，且一觉睡到大天亮，亦迅速忘记不愉快事件，因为，下一宗麻烦事不知几时来敲门，需扎马应付。

真辛苦是不是？

生活本如此。

一个样子

洋人远赴重洋来到东方，诉苦说华人看上去都一个样子，分不出你或他。

现在该我们为难，洋人的五官看上去也全差不多。

真正的俊男美女是极少的，外国男士们一届中年，多数半秃头兼长了一个肥肚腩，人人如此，引起猜疑："这是隔壁史密夫先生，抑或是露斯的父亲阿瑟？"

只得糊里糊涂挤出笑容："真是好天气！"

女士们通常棕发、高鼻梁、白皮肤，一个式样的便服，怎么分辨，只得凭神情记认，那比较和蔼的是金宝太太，那见了华人不瞅不睬的当然是爱当士的表嫂。

在自己人眼中，华人的相貌则十分好认：王太不但漂亮，且周身香奈儿，开奔驰跑车；林太太一张瓜子脸，说温婉的台湾话，见了人第一时间笑；周先生是彪形大汉，西装配唐装布鞋，十公里外已经看见他。

位位性格鲜明，形象突出，不容搞错。

昨日，有一洋人迎面而来，热诚招呼，一时茫然，谁？寒暄半晌，才知道是儿科医生历克，真是，除下白袍，简直毫无印象。

洋人看上去全一个样子。

天分

写作是否全靠天分？

是，所谓天分，包括下述各项：读万卷书，行万里路，好奇的性格，观察入微的眼光，细腻的感情。

还有，天生喜欢写，不问酬劳，觉得能够把心事写出来已经够开心。

热爱人生，却不自恋，对四周围人与事有兴趣，喜钻研真相……

如果这些都是天分的话，那么，写作的确靠天分。

世上哪儿有一生下来就会写作的天才，都靠慢慢操练，渐渐一支笔写得顺了，加上经验、学识、文字修养，文字便好看起来。

所谓没有天分，便是性格固执，自以为是，故步自封，不思上进。

还有一种人，过分自恋，天天写自己，兜兜转转，不外是自身多可爱多纯洁，对世上一切，均不屑一提，这便是没有天分的写作人。

写作靠天分？是，努力好学，也是天分，喜爱创作也是天分。

小题大做

至怕看家庭主妇式的主持教烹饪，满手戒指蔻丹，不知几时落在食物中，又不戴发网帽子，完全不符卫生规格，婆婆妈妈，无师自通，盲人领盲人，像煞有介事。

更怕小丑式的主持，一边煮一边讲笑话，口沫横飞，通通落在锅中，免费赠送。

终于。

终于看到正经大厨教烹饪。

背景是某大学演讲厅，师傅们穿传统制服，雪白衣帽领巾俱全，厨具全部用明澄澄的不锈钢材质，炉头大而有力，说白简单，手法熟练。

真正专业，赏心悦目。

煮菜何必那样严肃？可是，艺术的精粹便是小题大做，若连当事人都认为马马虎虎邋邋遢遢即可，何来说服力？

搞笑时搞笑，办事时办事，无论做的是什么，必须相信它是一件正经事。

一向把写流行小说当件大事来做。因为，这么些年来，稿费养活我。

忠告

杂文专栏中，切切少提自己，是一个很好的忠告。

可是又老是觉得，这自己是谁，又有很大分别。读者是势利的，那作者既过时又猥琐，天天还在纸上滔滔不绝谈论他的饮食起居、祖孙三代，那还不望之生厌。

假如作者是一个靓丽的妙龄女子，看法又完全不同，读者巴不得伊人日日揭秘，她爱吃什么糖，改天送上去，她喜欢什么样异性，有机会介绍她认识。

看到没有，是歌者非歌，丑人，宜少作怪。

有趣的人写食经、衣经、人生经验，煞是好看，不见得你我可以效颦。

同文林某人写往大陆找寻爱妻一文，够私人了吧，可是看得读者一边骇笑一边赞叹：原来此人感情如此真挚，失敬失敬。

完全因人而异，作者够功力，则写什么都好看，不必受规则拘禁。

狭窄心态，有限学识，自以为是，写什么都没人看。

写作艺术不在题材，是看作者怎么样去写这个话题，有人的一支笔硬是可以化腐朽为神奇。

天 象

晨曦真美。

黄昏绚丽。

日日佳景，可以免费欣赏。

绝早的黎明，走到屋外，看到鱼肚白一样的天空，高声说话，相信亡母或许可以听见。

夕阳落山，满天红霞，暮色合拢，又是一天，苍穹透着无穷无奈。

同老友说起，都诧异时间不知去了何处，老匡尤其纳罕。"奇怪，"他说，"因此小孩会变大人，大人会变老人。"真奇妙。

透着晶光的月亮犹如银盘，抬头看明月，低头思故乡，正好吟哦"但愿人长久，千里共婵娟"。

下雨穿上雨衣，可以在门外站上许久，直至家人出来唤我听电话。

友人在那头问："你在干什么？"

"呵，学琼瑶小说女主角那样穿着风衣在雨中散步。"

紫藤架下吊着秋千，一夜风雨，勉强也就是乱红已随秋千去。

夏天比较好，闹哄哄，出一身汗，什么意见也无，怪不得只说伤春悲秋。

脱皮

回流是重复一次大搬家吧。

叫人不寒而栗，这种事，怎么可以一而再，再而三地做，一生做一次，已似脱层皮。

有人以回流为荣，邻居三年前打回头时扬扬得意说："回去还来得及多赚几年，你们就来不及了。"只得唯唯诺诺，再见珍重，老伴不提他20世纪60年代已经入籍。

可是有一位行家，被传回流，却断然否认，并同那散播谣言之人绝交。

由此可知，回流在若干人眼中，并不是什么光彩之事，因三心两意，劳劳碌碌，东奔西跑，必定得不偿失。

好马不吃回头草其实是一个很好的忠告，原先的位置早已被人取替，后来者一是受到歧视，大帽子包括脱节、抢饭碗、不合时宜等等。

撇开面子问题不谈，回流表示当初对人力物力估计错误，真正劳民伤财。

有孩子的人家教育更成问题，国际学校学位有限，又需轮候数年。

而且，大都会赚钱的全盛时期，也仿佛已经过去，再赚两年回乡享福之愿望，可能不易达到。

奖

前辈至不喜欢文艺工作者只为获奖。

其实去领奖也非常劳民伤财，极费心血。

不论国际奖或本地奖，都得填报名表，找人提名，搞通关系，一次一次打招呼，那是多么疲倦的一件事。

况且，需迎合评审口味，创作范围一开始便受到拘禁，人家若爱看落后地区的黑暗愚昧残酷，便得悉心炮制，大掀疮疤。

老远的路乘飞机跑了去，租酒店、治装、练英语，希望可以上台领奖，致谢词。

有时铩羽而归，一个镜头都拿不到，还得解释为何得不到奖，理由古怪之至，当然不是评审不给分，而且某方面使了政治毒手，十分堂皇。

即使得了奖，其实也不过是返回大本营原地踏步与本地姜、井底蛙从头合作，仍然住西环、说粤语、赚港币。

不见得一个奖便可搬到比华利山别墅与史毕堡称兄道弟去，可是中了奖毒，无可奈何，自家田园荒芜，在所不计，硬是盼得奖。

作品轻飘飘不要紧，外国人大奖够分量坠得住脚？

面皮薄

小友面皮薄，顾忌多多，时为老江湖揶揄。

包袱多也是受面皮薄所累，许多事不好开口，明吃亏。

不损人，又利己，大可清心直说，还有，行规如此，有所得罪，也无可奈何，怕什么，明白的人总会明白，糊涂人不必理他。

话说回来，当初厚着脸皮上，也真为难，讲完话之后，耳朵烧得通红，一边面孔火辣辣，还有，脖子上会发出敏感红疹，多日不散。

也得挺过去，日子久了，次数多了，渐渐麻木，不过这种事，永远不会习惯，于是胃穿孔，太阳穴痛不可当。

做一行怨一行，直自腌臜，可是世情如此，行行一样，换份工作，明白世上无乐土，做生不如做熟。

是否已经成为谈判专家？当然不是，从未试过毛遂自荐，亦无额外要求，沪语说得好过白话，即是容易商量，自问做到有余。

本行收入少，否则，当可请经理人一名，负责出去讨价还价，我等自坐家中，享受清誉，弄得不好，是中间人失职，其中误会，是他的责任。

寂寞新世界

寂寞新世界？

这算是一种选择，居港时，一日，在街上碰见冰姐，她问："为什么不出来？怕是非？"

自问凶悍，是非怕我才真，不不不，当下答："有一个家，走不开。"

清静一点好呀，读报、阅书、看新闻，享受明月清风，无论居何处，均采取同一生活方式。

友人说："其实某与某，谁与谁，都只住在一箭之遥，而甲十二月要来了，乙则定明年初抵埠。"

是，大家相亲相爱，岂非美事，何用天天聚餐、日日谈话，在他乡一定可以遇到故知？有时团结其实也并非力量。

华人如一盘散沙？搞革命之际才作此嗟叹未迟，不过是某人生日宴而已，不到也不算罪过。

正是各适其适，爱热闹者大可扭秧歌，喜喧哗者可示威游行，退一步，搓麻将、听演唱会亦可，自由选择，这才叫作美丽新世界。

没有道理硬是要如何如何，自由是生活的精粹，我行我素，才能快活逍遥。

狗肉

真痛恨这种新闻。

20世纪70年代住英国，动辄于报上读到卫生督察在华人餐馆厨房冰箱搜到剥了皮的狗。

20世纪90年代在温哥华，又读到新闻说在华人餐馆搜到三十多只熊掌！

为什么一定要吃得如此刁钻古怪？天地万物，化为营养，不过全是氨基酸，经过化验，世上只发现了二十一种氨基酸，那意思是，无论吃什么，营养通通一样，鲍参翅肚、各式野味全是那几种蛋白质，若鸡蛋与牛乳不能帮你增长某种机能，那么，燕窝、犀角、虎鞭也绝对做不到，何必迷信。

况且，英国人是那么厌恶华人吃狗肉，在加拿大，熊是受保护的动物，到了哪个山头，唱哪个山头的歌，尊重一点，大家有益。

天底下最养颜的补药是维他命A至Z，当然，吃起来感觉上有点苦哈哈，比不上爱人殷勤地捧上一个精致炖盅，轻轻说："人参汤趁热喝。"可是功能有过之无不及。

未能素食，人之常情，却也不必吃得可憎，讨人厌倒也罢了，还要犯了法来吃！

限 量

连塑料手表一旦限量发售都会增值。

由此可知，贵精不贵多这句话是何等真确。

可是，凡事适可而止，供求要控制得宜，限量不等于无货上市。

有人挟名气自重，不肯滥写，好得不得了，一年不出书，两年无新作，三年一过，后果堪虞。洋人有句话，叫 either read or dead，押韵，非常有趣，意指作品无人阅读即死，又云 publish or perish，即不出版便消失，多可怕！

限至一年出五六本书是最起码的数量，况且，写作人也要生活，肉体需索无穷，总也不要弄得太狼狈才好。

光写某报，很容易被奸诈的编辑知道靠的就是某报，他会忽然刁钻古怪起来，故万万不可死心眼，单单效忠一方。

超额乱写，也十分危险，数量太多，读者来不及消化，四大出版社全是某君大作，良莠不齐，无从照顾，总会被读者淘汰一些。

很难是不是？这里边还有一个故事，塑料手表装模作样限量出售，已经垮掉。

快乐

某些人时时担心人家会不快乐。

"有钱，一定快乐吗？"

"名气大，不代表快乐！"

"为人那么凉薄，怎么会快乐。"

太会关心别人了，热情可嘉，可是快乐这件事，非常奇怪，各人准则不一样，求仁得仁，是谓快乐。

吝啬的老板克扣了伙计一百元，不知多快乐；小气的婆婆损了媳妇数句，也快乐无比。

世上有高贵圣洁的伟人，牺牲小我，成全大我，灵魂也非常快乐满足，那自然不是你我。

普通人，小人物心态平凡，快乐也很简单，每个人都有快乐的时候：涨了薪水，睡得舒畅，有朋自远方来，吃到一味好菜，都值得庆幸。

当然也有不愉快的时候：孩子不听话，感情走入岔道，减肥失败……

生活一向苦乐参半。

从不担心人家快乐与否，但非常努力钻营自身快乐，永不言弃，苦苦纠缠。

儿子

一位五岁的小朋友同母亲好得不得了，年轻的妈妈陶醉到极点："他说他长大了不结婚，陪着妈妈，不知是不是真的。"

听了"扑哧"一声喷茶，他们都那样说啦，相信我，家母有五个儿子，我有五个兄弟，像老匡，幼时同妈妈说："我长大了不要做大人物，我在家陪你摘黄豆芽根。"不多久便去参了军，之后便成为他人的乘龙快婿。

越是乖儿子，越是变得快，因笑着同那位妈妈说："宁波人有老话一句，叫'儿子好比眼眉毛，勿生没相貌，生了没味道'。"并恐吓曰，"不如挑一个熟人的女儿，有嫁妆好，免得令郎所有收入都被榨干。还有，你会骇笑，原来这样时髦的今日，年轻女子还认为男性应当送楼送车。"

趁着目前，儿子小小，彼此纠缠厮混，好好享受，长大以后，看开点，那完全是另外一回事。许多太太都抱怨儿子全是人家好女婿，可惜女婿仍是人家的好儿子。

至今女儿呀，那是不一样的，女儿终生是女儿。

唠叨

友人一教训孩子，我总觉心惊肉跳，哀求曰："少说几句，拜托别唠叨。"

已经上大学了，聪明、健康、英俊，旁人看着都觉品学兼优，还啰唆什么。

有些父母要求恁地高，孩子拍报名照拿了样板回来也批评不已："为什么不笑？拍坏了，叫你要笑！"

哗，如此芝麻绿豆之事，也喋喋不休，叫子女怎么吃得消。

得过且过，大致科科及格，考得三四个优，进了大学不就上上大吉，剩余精力用来吃喝玩乐不知多好。

长辈如真要督促，至多注意他的功课，千万不可自顶至踵那样批评。

"这种鞋子是坏女人穿的。""唉，看时装杂志即虚荣心重。""人家有，你也要便是浅薄。""你像你那不成才的小叔。"……

见什么谈什么，如何适从？

少说两句，大家好。

母亲年轻时气盛，要求繁复，母亲更年期性情古怪，子女们往往吃尽咸苦才熬到成年，事实上他们需要的不是忠告，而是支持。

结籽儿

紫藤花的籽儿如豆荚，长长一只挂在树梢，渐渐变成褐色、干瘪，答应友人，寄去给他，让他培养幼苗。

玫瑰花籽儿是这样的：花谢了，花蒂膨胀如一小瘤，花籽儿就在其中。

至今尚未见过杜鹃花籽儿，想象中接枝繁殖更为方便。

枫树籽儿就结在树叶之旁，形状如一小小螺旋桨，随风吹去，落地生根。

一切果树的籽儿都裹在果肉之中，动物与鸟雀吃了果肉排泄果籽儿，带到远方。

人类的子女有小手小足，大了自然走远，开枝散叶。

写作人出书结籽儿，方算成果，十分耕耘，一分收获，多劳多得。

有些花草异常粗生，今日剪下的枝叶忘记扫去，第二天就已经扎根生长。

也有一些娇滴滴的，热一点不行，湿一点即萎靡，烦不胜烦，唯有扔出去。

听其自然最好，也不去除虫施肥，君不见漫山遍野郁郁苍苍，均天生天养乎，不用太过刻意，有空，光处理自己脸上的雀斑皱纹即可。

寻常美

喜欢在生活中用大众化、普通、廉宜的用品，式样也越平常越好，坏了可以随时补充，亦无须心痛。

时常同小女说："不用介意，小事而已，不要紧，丢了再找新的，切莫扭捏。"

一生都没有最心爱的笔、最难忘的香水、最珍惜的故事或是最宝贵的首饰。

小友买到最喜欢的水晶玻璃镇纸，爱不释手，不舍得用，结果被家务助理失手打烂。

活该，又一次证明阁下的宝不过是他人心目中的草。

若干行家因为写得少，特别把某部作品捧将出来，十分稀罕，各位，千万别喘粗气，有何闪失，当心有人前来拼命。

种花、养鱼，一听是名贵得不得了的罕有品种，立刻掉头而去，寻常百姓，负担不起，免得辛苦，非常乐意知难而退。

恋爱管恋爱，结婚管结婚，最笨的人才会同最爱的人结婚，天天战战兢兢，患得患失，如何做人？

衣食住行，丰足而一般也已足够，一生如此，夫复何求，长长久久，维持相当水准才重要。

一旦成名

干文艺工作的人，其中一个误会是：一旦成名，大可休业。

医生一旦成为名医，必定接待更多病人。

建筑师一旦扬名，建树更多，几乎永不言休，霸尽地盘。

政客一旦出名，则努力竞选总统，非爬至最高位置不可。

可是你看文人一旦成名，立刻挟名自重，不肯轻易动笔，情愿吃谷种，你说奇也不奇。

应该在名成之后跟着利就才是，有那么多写那么多，有那么久写那么久，否则那么辛苦成名来何用？

许多大众熟悉的名字渐渐淡出无踪，或是名望日渐低落，或是因为不再动笔，不再创作。

一个故事受欢迎，应当接着写另一个故事，一支笔容易生锈，搁着不用，实属浪费。

成名之后更应好好写，得心应手，越写越有。

若干名作家却没有近作，提到作品，便举例十多年前旧作。

挣扎

一般家庭里，太太肯定比先生做更多家务，有孩子的话，女性则更为辛苦，永不停手。

所以太太是家长，而先生至多是助理家长。

一位年轻女士说："孩子刚生下来，我也什么都不懂，可是我边学边做，也应付下来了，他其实是个聪明人，但今日还说不会带孩子。"

别忘记现代女性也全有工作，下了班回到家才真正开始忙。

都抱怨男方做得实在太少。

妈妈会对孩子说："快来洗澡。"可是爸爸往往问："你想洗澡吗？"如不，绝不勉强，待妈妈收拾残局，主妇自外头回来，发觉什么也没做过，难免要生气。

友人一次说："告假半日，出外理发，回来时发觉孩子在园子摔过跤，浑身泥巴，脏衣服塞满洗衣机，却没有开动，小 T 恤掉转了穿，委屈得一见妈妈便放声大哭，屋子乱得似刮台风，这一切都在三小时内发生了，而那时，父亲在屋子内。"

可是，到最后，还不是都挣扎下来了，事业成功固然值得艳羡，家庭更加重要。

老实话

年前，有人问："你好像不大会写剧本。"

立刻站起来唱个喏："岂止，一并连小说及杂文都没写好。"

这是真的，时时有人对他的大作满意得不得了，那是自幼栽培的自信心吧。

因愿将勤补拙，所以也稍有进步，于是自嘲曰：三十岁之前完全不懂得写，三十岁之后略懂得写。

少年时根本没有写作方向，一味记录感情，现在总算愿意创作故事。

因此，一直觉得幸运，每个行业数千人挤在一起找生活，既没有特别手段，又不喜宣传，更不善打关系，甚至不属于主流，也能找到生活，沪人说的额角头高，正是此意。

自由社会的确慷慨，那样特别不会做人，也不妨碍什么，几次三番，同老板及老总们闹意气，几乎逼落山坑，终于也化险为夷，一定是他们包涵容忍。

自觉写得好的人因为包袱太重，通常不愿轻易动笔，机会都让给愿意写、喜欢写的作者，渐渐也练得不比别人坏。

一句靓女

一句靓女害死人。

虽云十八无丑妇，至多，也不过是不丑，怎么可称美，照片横看竖看，只得一笑置之。

感觉上只有周慧敏、关之琳、李嘉欣是靓女，高鼻梁、大眼睛、白皮肤，这是公认的起码条件。

不过，假如父亲财产在三亿以上，一定会有好事之徒大呼令千金是美女。

又如果是某与某夫人，则颂赞之声更加不绝，可怜我等小市民打开副刊彩页，几乎每天可以看到黄肿烂熟的所谓靓女与靓太，冤枉。

一个人，除了长得美，总也得会些什么，在最注重外貌的演艺界，最受欢迎的红歌星与演员，却也不是"卖相"最佳的几个，由此可知，技艺十分重要。

美不美，属其次，气质占优势，打扮整齐文雅，谈吐风趣大方，性格爽朗，学养俱佳，岂非更加耐看。

并且，要把工作做好，自尊与自信都会日益渐加，内涵自然发出光辉，恒久不散，届时，如果有大眼睛、高鼻梁固然好，否则，也无所谓。

排队

到了一定年纪，身边亲友，必定一个个排着队去，去何处？西方极乐世界。

所以前辈专栏似讣闻一般，三日两头哀悼已逝之友，情绪十分激动。

其实看他们的报道，友人们也算寿终正寝，并非夭折，实宜节哀顺变。

往往长篇大论，写及某与某生前功德，不要说是年轻读者，连中年人也不知天宝旧事中说的是谁。

不由得想起同文说过，某畅销杂志厌恶做上述新闻：又老，又无人识，长篇大论为何来。

该种论调明显缺乏人情味及文化修养，可是却反映现今一般读者的观感。

倘若只是作者生活上的朋友，怀念放在心中，岂非更好，否则，趁他存活之际，多美言几句，更加实惠。

老一套的想法是一个人不算好人，直至他成为死人，然后溢美之词不绝，也通常有好友代为不值，一般是不明他们写得比任何活人都好，可是作品并未传世，等等，叫活着的友人啼笑皆非。

麻烦

当红女星说到微时被另一人欺压，语气平静，只如此形容："该人十分麻烦。"

生活中，麻烦之人是很多的。

本来，阳关道，独木桥，各行各路，互不干涉，可是有种人在得意之际，巴不得世上所有道路只归他一人独行，横行霸道，欺压挤逼，麻烦至极。

旁人本来好端端静静低头赶路疾走，却被他点名挑衅，一而再，再而三，几乎被逼落山坑，不得不发奋抵抗。

当红女星恍然大悟，如不振作，终有一日，会有更讨厌的人踩上头来。

即使没有野心在事业上争一席位，家族里有些亲戚也非常麻烦，只有成功才能摆脱这干人的嘲弄、讥讽、歧视。

成功了就不必报复了，事实胜于雄辩，再也不用理会这干人，大可继续赶路。

可幸的是，这种麻烦人因太过努力制造麻烦，往往来不及做功课，成绩实在马虎，最终沦为三脚猫，被更恶之人折磨。

他人嫁衣

什么人做编剧？心血结晶的好故事售予导演，助他名利双收，有精彩情节，应当留为已用，独自扬名立万。

可见编剧真是伟大。

剧本改了又改，改了又改，并无额外稿费，导演有些不大识字，有些不大识货，有些不十分知道要的是什么，大部分不识好歹。

剧本费高？并不见得，一年至多写一两个，每个收一百万乎？行规分三期付款，好不令人困惑，故事整本交上，为何酬劳分三次给？

那真是另外的一个世界，不足为外人道，并盛行集体创作，天下所有创作均属极端私人，集体只能作业，一大堆人坐在一起七嘴八舌，水准高者不甘心被扯低，自然只得离席。

一稿二稿三稿，罚抄完毕，幸不辱命，本子交出，拍成电影，还得负责部分宣传，到最后，影片叫好，是导演、演员的功劳，影片失败，肯定是编剧学艺不精。

扬名？你可知道《一哥》的编剧姓甚名谁？大好文字切莫被电光幻影利用作嫁衣裳。

毛病

人类有小部分意欲肯定不受脑部控制。

像赌徒非要下注不可，他何尝不知已经输得妻离子散，倾家荡产，可是控制不了那种非赌不可的意欲。

也有人特别喜欢谈恋爱，弄得焦头烂额，那如意郎君其实是社会公认之渣滓，她犹自孜孜不倦，至死不渝，情深一片，令旁观者毛骨悚然。

平时是十分精明理智的一个人，会得计算，应对合理，可是那埋在心底的一小撮火，却有自己的生命，无端燃烧，不能扑灭。

一位母亲平时谦和合理，一旦说起她五岁的孩子，不得了，一发而不可收，那真是天才中的天才，功课是不教就会，精通英法语，中文程度几乎随时可执笔写长篇小说，下个月就打算学拉丁文，会做家务，会用电脑，有责任感，明年恐怕可以结婚了。

对心理学家来说，这都是毛病。

自问平时是个最平常不过的人，可是追起稿费来，判若两人，有外债吗？并没有，有些稿酬早六个月已经预支，那，有什么好追？不知道，总而言之，是无法控制的毛病。

嗜 好

有嗜好的人不愁寂寞。

小女学小提琴，半年左右手长大了，便需换另一个尺寸的琴，与其父四周围出去搜求好琴，当一件严肃的事来做——"琴声不佳，谁有兴趣练琴"。

跑遍琴行，逐把试，逐把批评，兴趣来了，一老一小二人合奏一出《一闪一闪小星星》，琴行大约见惯此类人，生意不成也不生气。

每次扰攘好几个下午，简直是一种享受，到了十二三岁，手长定了，更欲大展宏图："到纽约拍卖行去挑琴。"

直到一日，一个琴老师警告说："小儿学到十五岁突然放弃，只得随他去。"不过，热闹过也算了，当其时开心，也就达到目的。

本人的音乐造诣限于《假惺惺》以及《月亮代表我的心》之范围内，一边写稿，一边听时代歌曲，完了，寄出稿件，收取稿费，不亦乐乎。

端的是天下至佳嗜好。

他们则期望将来终有一日可以在一起合奏《吉卜赛人狂想曲》之类。

肆

文艺青年

+

对于岁月，有感慨，但无遗憾。

功力

什么都讲功力。

某人喜穿暴露衣裳，有事无事凸出胸前本钱，二十年如一日，不知抗拒多少揶揄、几许劣评，一味韧力足够，意志力像钢铁似的，一意孤行。

终于，百忍成金，看的人、说的人，全累得垮下来，聒噪之声，也渐渐沉默，而某人胸前之两团肉，则吸收了日月精华，已经得道成精，像随时会得跃下地来唱歌、跳舞。

看官，这便叫功力，这种毅力精神，用在革命上，非同小可，用在工作上，小龙套亦会变总经理，实在不容小觑。

一个写作人也靠功力，写得不够好？将勤补拙可也，拼死命写他百来部书，编者与读者哪里抵得住稿海战术的疲劳轰炸。

洋谚云：你可以从每个人身上学习。这话是真的，自一个穿暴露衣裳的人身上，亦可以充分了解到"虽千万人吾往矣"的志气。

我行我素，自由社会，自由选择，人各有志，信焉，管人家说什么！

品位

品位修养，有时是指对不太热门的现象，亦表示有若干兴趣，不能过分人云亦云，可是也无谓故意标新立异。

《美国队长》固然好看，《美少女战士》也街知巷闻，可是丁丁漫画却完全是另外一回事。

可惜在商业社会中，凡是有特色的优秀产品，一下子被炒得炽热，变得俗气。

于是热心人士便尽量发掘新的名牌，有些历年均属最小众，像阿斯顿·马丁跑车之类，大凡新走红的歌星与明星尚未朗朗上口的名牌，也许还值得一试。

青年时代刻意避开浪潮成为一种修为，至怕成为芸芸众生中之一名。

人嘛，非得有点孤芳自赏、别出心裁才算矜贵，可是这样？

后来想法渐渐改变，生活上，不妨跟大众走，人人都往温哥华，该处一定有优点，设施肯定比北美其他城市更适合华人居住，何必与众不同往阿拉斯加探险。

嗜好上大可维持个人爱恶，像从来不参加任何牌局。

怒 气

不要让任何人知道你为何生气，不要让任何人看到你的怒意。

不要透露你的弱点在什么地方，别让人知道你的练门所在。

因为敌人专门挑你空当来攻击，何处怕痛便打你该处，使你痛不欲生。

干脆用绵功，若无其事，不动声色，一味死撑，即使痛得冷汗直流，也得咬紧牙关，和颜悦色，扮傻瓜，装橡皮脸。

久而久之，出手那人，觉得无趣，便会自动收手。

为什么不还击而要死忍？兄弟，一个人的时间、精力有限，忙着打仗，哪里还有时间赶功课，当然躲得就躲，避得便避。

见同文一而再，再而三地表示他正在气头上，而且事隔一年半载，还念念不忘该恩怨，便代之以心惊。

太坦白了，必然会吃亏。

你越是怕稿子被改，一定会有人来开玩笑频频修改大作，你最最忌讳年龄被揭露，就有人来扬言"阁下是 20 世纪 30 年代出生的老人家"。

没有表示最好，不说怕，也不说不怕，不说不高兴，也不说高兴。

蝴蝶

> 我知道她轻佻与不贞，
>
> 但她半后悔地回转，
>
> 非常苍白非常悲怆，
>
> 一只蝴蝶在黄昏时需要歇脚处。

这是一首日本艺伎歌谣。

一些女子宛似蝴蝶，终日飞舞花丛之中，到了一定年纪，也不得不寻找归宿。

蝴蝶老去的时候，翅膀会褪色，渐渐变得半透明，苍白憔悴，另一种在晚间扑向灯光的翠绿色蜉蝣小虫，到了晨曦，掉落地上死亡，已变成灰色。

吸花蜜与露水为生的蝴蝶，更不堪岁月折磨。一首小诗，把出卖身体为生的女子形容得淋漓尽致。

也不是每个女子都有这样忧虑的资格，友人中许多自幼立志要成为一棵树，或是一只鹰，甚至是一只海狸，冬日到了，至多冬眠，或是落叶，明春再生。

最讨异性欢喜的，还是日晚知返的蝴蝶，男人仍然愿意收留她们。

见曾经那样浪漫美丽的女子，最终嫁给那样猥琐的小生意人，有感。

求 医

友人去看医生："也许，只是心理作用，冬季日短夜长，影响精神，异常沮丧。"

医生笑答："没有这回事，可替你验血，测一测脑部某激素分泌是否增加，该种内分泌影响心情，如果属实，可开药给你吃，则心情自然好转。"

哗，西药已进步到如此光景。

最相信寻求帮助有用，何必苦苦运用意志力来克服难关。头痛，即服强力止痛剂，干吗要咬紧牙关死忍，不快乐，原来也可以找医生帮忙。

有副作用？日思夜想，愁眉百结，无病呻吟，搞到生人勿近，那副作用岂非更坏。

医学昌明，应善加利用，今日，无论什么问题，都可以与医生商量。

你看，某与某，姿色二十年不变，甚或更加秀丽，大概也请教过医生了，哈哈哈哈哈。

近视眼、秃头、皱纹，都有根治希望，医完肉体，医灵魂。

心情长期低落者宜挂号求诊，吾生有涯，苦海无涯，速速自救。

英雄

英雄的定义是：牺牲自我，成全他人的英勇伟大人物。

自我牺牲是一种非常高贵的行为，幸亏当今世上，还有如此罕见的情操。

英雄这一名称，不是人人可以担当得起。

一个人如果喜欢写作，一辈子写得晕头转向，鞠躬尽瘁，他只是一个写作人，不是英雄，因除了他自己，无人从他的努力中得益。读者没有他，自然会看别人的作品。

一个喜爱旅游的人，无论去到海之涯、天之角，也不是英雄，除非他跃进北冰洋救过人，否则，他顶多只是一个旅游家。

那也就是说，年赚一百亿的地产商也不是英雄，还有，红透半边天的歌星也不是英雄。

都只不过是平常人，可能精明一点、漂亮一点、超逸一点，但，不是英雄。

英雄里最难得的是无名英雄，你不认识他，他也不认识你，可是必要时，他冒生命危险挽救别人于水火，事后又绝不张扬，悄然离去，如常生活。

英雄这类名称是不能滥用的。

作家

新晋女作家倒总有可观之处。

女子触觉多数细腻，化成文字，每每感人，情怀纵不如诗，像一篇散文，读者已经满意。

况且，做一个现代女性，所见所闻，一定可观，工作与感情上的投资、取舍、踌躇，娓娓道出，都可以感动读者。

新晋男作者却需好好努力。

长相不要紧，形容不可猥琐，题材各适其适，但文字至要紧是大方。

多读几年书，多行几里路，也非常重要，深水埗某中学会考及格的水平实在不够用，并非读者势利，而是学养不足，所说所写，别妄想读者尊重。

一时讨好，三两年光景，也就黔驴技穷，入了这扇门，又甚难转行，三十一到，大势已去，无以为继。

此刻赚个三五七万稿酬不成问题，甚至可以骄之同侪，可是信不信由你，人生在四十才开始，不思充实内涵，殆矣。

并且，即使想吸引的对象只是少年人，亦需使尽浑身解数，各型各类的读者要求均无限苛刻，卖艺人声色艺缺一不可，信不信由你。

文 字

同文写当年他做英文台记者，上司同他说："但凡尸体，通通已经死去，不必写'死去的尸体'。"

读海外版中文报新闻，也时时遇到这种趣事。

森逊无罪释放，不服气的群众在一旁喊叫："谋杀者，谋杀者。"

半晌，读者才恍然大悟，原来翻译员想说的是杀人凶手，应译作"凶手！凶手！"。

又常常用"牺牲者"三字，这是谁呀？原来是受害人，可见都是新入行的员工。

又"其他的妇女"，原文是指第三者——另外一个女人。

在新闻处写过七八年译文，一般性新闻及专用名词自然不觉困难，最惨是应付长篇大论，一气呵成不知在何处才可切断的英文句子。

《时代》周刊常犯这毛病，一大段只得一个真动词，一切短句自该处衍生，真是最坏的英文。

世上所有优秀文字，都是简洁通顺易读的，然后，如果还有意境、美感，则可成为文艺作品，不然，以为"床前明月光"是怎么样受到欢迎的。

练习中也可以得到进步，一摞笔记写得熟能生巧，则大功告成。

文艺青年

同文在图书馆看到少年用电脑寻找藏书，他打一个"鲁"字，同文心头一震，不会是鲁迅吧，果然是鲁迅。

他又打一个"朱"字，猜想可能是朱自清，果然是朱自清。

同文为这个爱读书的少年感动得几乎落泪。

真有同感。

不要说是年轻人，甚至在我们那代，愿意读鲁与朱的，又有几人。

若不是老匡20世纪50年代来港，自旧书摊携回一本《野草》，可能也不会接触到鲁迅。之前此君在内地苏北，曾寄绣像《红楼梦》给母亲，他密密麻麻地用毛笔蝇头小楷批注……后来，是万恶的资本主义坑了这个纯洁的文艺青年，哈哈哈哈哈。

喜不喜五四文字，倒无所谓，可是不看，又怎知底细，一直相信开卷有益。

这同爱好打球、游泳、跳舞是不同的，再懒，至少也应回学堂去受监管多读几年，无论啥子科目均可。

世上不幸真有气质这回事，中外正常社会都看重读书人，即使在欧美，哪个学生考到全省第一，大名一定见报。

离开牌桌

某君主持电视游艺节目，真是观众之福，简直挥洒自如，谈笑风生，热情地控制全场气氛，化无聊为奇趣，诚属节目之灵魂。

可是做得越是成功越是好，越是叫人难过：他还在那里干什么？

以某之才能机智，老谋深算，其钻营吹捧之术，已臻化境，大名在都会，无人不识，缘何仍在荧幕上大材小用？

做得再好也无用，那种年纪，那种身份，应早已退居幕后，上午在文件上签几个名，下午到高尔夫球场享清福，何须抛头露面，努力唱做。

最怕看到上了年纪的人吃苦，优雅地老去，原来是如此艰难之事，挺胸凸肚收腰，挂着笑脸，满场飞，不会不是苦差。

人老心不老是好事，千万不要在公众场所表演，又无须向任何人证实尚未脱节，或是与年轻人没有代沟之类。

想到已经安然退休之老匡，不禁老怀大慰，正是，聪明人应当知道何时离开牌桌。

四十以后

与 V 谈到震侔："他为何瘦成那样？他父见到担心得不得了，又黑又瘦，似有病。"

V 笑："他故意的。"

什么？

"减肥？节食？"

正是。

"呵，他一定以为已经步入中年，因此想维持标准体重，可是这样？"

证实后笑得差点没流下眼泪。

特地借此栏同他说一句："Yes! There is life after forty.（没错，四十岁后才是新生活。）"别担心，四十岁之后不但可以存活，且舒服开心得很呢。

真没想到一代比一代怕老，才三十岁已经为赋新诗强说老。

我也是呀，二十七岁欧洲留学，寄游记返港，肉麻而幼稚地叹曰："巴黎没有老，我已经老了。"不知读者有无起鸡皮疙瘩。

不过对于肥胖的恐惧，却一直不减，略增一公斤，已经吓得魂飞魄散，即时节食，因难以控制得恰到好处，故情愿偏瘦。

对于岁月，有感慨，但无遗憾。

苦功

家里添了新生儿，多少会手足无措，新成员来到世上，屋里多了一个小小人，必须做出许多迁就，时间与精力上牺牲，非笔墨可以形容。

且新关系是那么陌生，开头大人只能尽忠职守地服侍幼儿，但相对无言，对于小人的性情、脾气、需要，都在摸索。

相信幼儿也有同样困难，三五年过去，才渐入佳境，彼此渐有了解。

像父亲最不喜欢眼镜被扯脱，母亲忌尖声高叫，而孩子希望晚上开灯之类。

是，一家人也不是自来熟，感情照样需要培养，日子久了，才能相爱。

后来就有对白了，闲时也谈谈心事，交换意见，早上说"你好吗"，睡前道"晚安"，大家接受大家，都认了命。

比较适应新环境的人会认为"咄，这是天性，何须努力"，真令人羡慕。

也有人认为孩子们全是独立个体，开头总是陌生人，以后进展，需痛下苦功。

灯光

去过珠宝店的人都知道，首饰在柜台里晶光四射，不一定是宝石亮丽，取到店外一看，也许惨白无神，店内那里强力灯非同小可。

夜总会、舞厅、酒吧的幽暗灯光何尝不能化腐朽为神奇，在欢场出入的女郎入夜都是红颜，千万别在阳光下遇见她们。

整个拉斯维加斯城靠的就是七彩缤纷的走马霓虹灯，那是它的妆容，白天，却不过是一幢幢水泥大厦，不可同日而言。

繁华虚荣的都会中，男性的灯光是事业身家。这方面条件越是丰厚，说话的声音越大，巨富们简直光芒凌人，得到的崇敬，敢讲比世界任何一个城市都多。

打灯艺术不可少，一些擅此道的女性，家中没有顶灯，只有座灯，因光线柔和得多，套上一只粉色灯罩，当场肤光如雪，笑靥如花。

劳动妇女因自给自足，灯光最要紧明亮，照得见功课，看得到报纸。

不一样的人，不一样的灯光。

稿匠

若果没有成名，叫作稿匠，假使成了名，叫作作家，社会就是如此势利。

在每个人均可以出名十五分钟的都会里，从头到尾没有出过名，实在是难辞其咎的一件事。

在演艺界，没有成名的叫临记，成了名的叫明星，两者之间的分别，同稿匠与作家一般大。

六七十岁倘若身壮力健又德高望重、名震天下的话，一定还有报馆重金礼聘，酬劳一个个字算钱。清晨起来，在花园散一会子步，回到书房，为畅销报刊写一段论文，堪称是老年人至雅致的嗜好。

但上了年纪，在陋室挨更抵夜地赶稿换取生活费用，则可能是一件惨事，他累极在书桌上瞌睡，烟头不慎成为火种。

做任何一个行业，一定要设法成名，有了名气，就要设法赚钱。

还有，下次，闻说有同文问老板拿极高的稿费，不要笑他贪钱。

彼时不贪，后来吃苦，找鬼同情。还有，贪得到之际，一定要拼命地贪，才不致有任何遗憾。

不谈个人

英国人纵有万般不是，却还有一样好处，他们低调，极少谈到个人私事。

一说到自己，立刻略过不谈，十分谦逊，这真是最伟大的修养。

同窗三载，或共事十年，很可能只知道对方姓名、籍贯，至于家庭背景、过去历史，则不在讨论范围，所以他们特别爱说天气及政治，因不想说别的。

正是：千万不要说自己，要说，等别人来说你，才算矜贵。

"我去年的进账是……""我的畅销书是……""你知不知道我得了这个奖。"一说，就肤浅，大家出来吃饭喝茶而已，千万别一杯下肚，就面红耳热，来一招煮酒论英雄。

即使有谁特地要把话题放在阁下身上，也宜即时推开："起筷。""起棋。""我敬你一杯。"

英国人国民教育真是没话讲，不自吹，也不自卑，但又不至于口口声声犬儿、拙荆、贱内，正是不卑不亢，斯文有礼。

气质不一样。

嫁妆

美国某富商有三个漂亮女儿，全嫁给欧洲落难王孙，都是有头衔但无国土的流亡贵族。

每个女儿的嫁妆给两亿美元。

有那样的嫁妆，真是爱嫁谁便嫁谁。

香港内衣大王给女儿的嫁妆，是半山一整幢住宅，十多个复式单位，怕也值数亿港元。

普通女子，嫁妆是一个脑袋与一双手，亦十分牢靠，又可笑吟吟地说："好女不论嫁妆衣，生活也不是不愉快。"

没有嫁妆，就比较吃苦，有一种不大高贵的人家，专门欺侮弱女，见人有场面撑着，便不敢动弹。

大学文凭是最好嫁妆，有学识傍身，终生享用，专业文凭像建筑系之类尤其优秀。

美色是最靠不住的嫁妆，年年贬值，十多二十年后也许成为废物。

实在没有嫁妆者不宜结婚，先得设法把经济搞起来，在工作上好好努力，然后，才论婚嫁。

到时嫁不出去？不怕不怕，练得身壮力健，还怕没有更好的人来匹配。

美女

没有俊男也不要紧，美女却万万不可少。

迪士尼长篇动画《钟楼驼侠》中，吉卜赛女郎艾丝美拉达的造型堪称美女中的美女。

从来没有一部戏的女主角造型那么漂亮，一见之下，惊为天人，眼珠与下巴同时掉下来，哗！

她有褐色皮肤、碧绿眼珠、黑色长鬒发，性格浪漫热情可爱，由黛米·摩尔配音，微微沙哑的声音恰到好处。

美女首次在嘉年华会邂逅驼侠，以为他戴着面具，眨眨眼活泼地说："好厉害的面具！"完全不似悲剧人物，可见故事已经改编。

主角一定要美，美女才得人怜惜、惊叹、同情，当然，性情也要忠直，蛇蝎美人不受欢迎。

真人很难一个比一个美，可是动画不受限制，再美也不成问题，动画天地无比辽阔，可去到宇宙深处，再精湛的特技也甘拜下风。

迪士尼下一部长篇动画是《花木兰》，开头几疑听错，洋人绘制木兰从军？现在，迫不及待想知道木兰造型。

无工开

金·凯瑞最新片酬美元二千万，说到成名后生活，他作如是观："当然丧失了隐私权，再也不能随意去餐馆吃一顿饭，总有影迷叫签名，一边有人偷拍照片。可是，每一件事都有障碍，但我们这一行，至大障碍是无工开。"

这才是人讲的话。

想到微时，在会所或小剧院做表演，每次数十元，还时时收不足酬劳，还有什么好怨。

人红了难免有点骄傲，只要面子上仍然维持清醒，已经十分难得。

最肤浅是得意忘形、状若癫痫、打骂记者。

要维持隐私十分便当，今日退出大光灯，明天便可得偿所愿，记者为什么不去骚扰住在圣地亚哥的许冠杰，皆因人家生活正常，且已退出艺坛，从这个最佳例子看来，传媒也不是不肯放过人。

从事写作，写一天，就有写得更差的人说写得不好，受不了冷嘲热讽，容易动气者不宜做这个行业。

靠面孔吃饭的人，当然有记者及影迷来打扰这张面孔，此乃成功标志。

自嘲

狡狯可恶的英国人还有一个优点，那叫自嘲。

真是可爱，他们固然喜欢揶揄人，可是也不放过自己，十分公平。

像"如果我都会做，你一定不成问题"，以及"我们的国家已沉沦，我们不担心，你又何必忧心忡忡"。

别以为自嘲是一件容易的事，美国人就欠缺这个特性，他们什么都最大、最好、最健美。

周围的人，染上大美主义特性者越来越多，专爱吹牛，一座大兴安岭差些自东北吹到广州，自大自狂，怎愿自嘲。

其实只有自信心及自尊心都非常稳固的人才会拿自己开开玩笑。

俗云，崩口人忌崩口碗。人人皆有练门，再大方，提到大忌，也脸色发白。

能够自嘲，肯定潇洒，坦荡荡，无所忌，性格可爱，小友一日说："穿上该款内衣，哗，我都有身材。"笑得大家翻倒。

下次听到有谁说"我们这种三流人物"或是"犬儿又丑又蠢"，马上与之做朋友，这种人已经不多。

主角

什么叫主角，谁又是配角，喜争排位之人专爱讥笑别人是龙套，这当然是不对的，牡丹虽好，还需绿叶扶持，每个人都重要，不信，副刊若只剩一人专栏，还有什么好看。

喜不喜做第一，与家庭教育有关，家里资质最平凡的是我，大姐容貌秀丽，长兄大学尚未毕业就加入共产党，弟二十六岁出任大学讲师，老匡拥有万千读者，故此习惯在凉快角落过日子。

亦不觉有什么好争，各人尽其本分，做我们这行，无论到何处旅行、定居，都可以准时交稿，离岸操作只有好处，不知躲过几许是非。

文坛无边无涯大，足可容纳千百段佳话，无须淘汰谁才可容许谁崛起。

可是一些爱文比武斗之人天天想把握机会铲除异己，至今尚孜孜不倦。

可能是在家自幼挂惯头牌，一生下不了台。

人家的书畅销？不知多高兴，引为话柄，笑言事主："你就好啦，从来无人形容我红透半边天。"大家生活有着落，才是美事。

贵

从前，一直认为占地万尺的大屋叫贵，还有，七克拉完美钻石也贵，那么，欧洲跑车自然也贵，紫貂大衣亦贵不可言。

不。

上述至名贵之物，一次过，买得起就买，放在那里可以用好久，房产还会自顾，年年升值。

原来最贵的，是日常用品，卫生纸最贵，一箱一箱扛回来，一下子用罄，不住地买，几十年下来，不知花费几许，洗头水、牙膏、洗衣粉亦然。

疲于奔命，霎时间这个要补充，那个又用光，不停添置，天长地久，收入少一个子儿堪虞。呵，还有水电杂费、有线电视月费、报纸杂志、汽车牌费油费，永无止境，因活着就一定有生活费用支出。

而且，稍微考究细致一点的各类用品，包括衣物，价钱就高许多许多。

额外支出又殊不简单，做人情、送礼、请吃饭，全是开销，子女大学学费又是一笔，自己看到什么漂亮的东西又想买一两件。

要臭皮囊生活得舒适是一场斗争。

实话实说

1995 年诺贝尔经济学奖得主是罗伯特·卢卡斯。

他的贤妻似乎更是一名优秀经济学家。

数年前二人离婚，卢卡斯太太在离婚书上写明：由分手起六年内，如果卢氏获诺贝尔奖，她可分一半奖金，限期至 1995 年 10 月 11 日止。

结果，她赢了，而卢氏亦十分爽快豁达，说："一项交易是一项交易。"慷慨付款。

令人骇笑是不是？奖金约百万美元，不算差呢。

可是，想深一点，为什么不呢？事事讲清楚，话说在前头，先兵后礼，免得日后纠缠不清。

伙计与老板之间，更应如此，劳方把要求通通列出来，同资方逐一斟酌。

千万不要将你心比我心，拉拉扯扯，没完没了，亦无须冷笑着说做不出这等无情无义之事，到最后一吃亏，抱怨最大声的往往是情义深厚之徒。

不用假装了。"你可擅烹饪？""会烧开水？""你可有嫁妆？""一双手？""可任劳任怨？""只爱风花雪月？"如果仍愿继续，大可结婚，如不，分手可也。

老老实实，望多多包涵。

岁 月

中年人最不明白及最思疑的问题：岁月往何处去？脂肪自何处来？

不是搞笑，是真的弄不懂，故时时长嗟短叹。

当然不甘心，故一起聚会，不免议论纷纷。

甲说："三年前乘轮船环游地中海，在船上大吃大喝，重了七磅，从此之后，怎么样都甩不掉。"

乙道："生下第三个孩子之后，自觉辛苦，不欲节食，故发展到今日地步。"

丙是乐观派："中年人还是富态点好，否则显得寒酸潦倒。"

看样子打算安之若素。

少年人吃大号炸薯条、两个双层汉堡、一个大蛋糕加巨型可乐都不怕，皆因饭后去练三小时冰曲棍球。

苦笑曰三岁孩儿都吃得比我们多，此刻女士们的蔬菜沙拉上只敢挤几滴柠檬汁调味。

最新美国医学报告说，妇女体重不宜超过一百一十六磅，否则会严重影响身体健康。

还以为是一百五十磅，只好吃菜根树皮、脱脂的一切寡味食物矣。

尽力

著名模特儿辛迪·克劳馥第一次拍电影，记者问："表现如何？"

那可人儿如是答："我不是梅丽尔·斯特里普，但我已尽力而为。有些人为了一件事会砍下他母亲一条手臂，或是自己一条手臂，我却不是那种人。"

这么会说话！

而且形容得出神入化，我们日常已见到太多无所不用其极之人，为了一点点利益，亲友、自身、颜面，通通可舍弃，没有什么放不下之事，义无反顾，抛自尊，洒狗血。

谁若不愿跟风，还被讥讽为没办法，不合时宜，跟不上潮流。

举止那么寒酸，尚以为是独门法宝，别人难以效颦，呜呼。

情愿转行，都不甘堕落，赚少一点又何妨，永不出名亦无所谓。

观众残酷，且嗜血，今日看过阁下自卸手臂，明日更希望有血淋淋场面，冷冷地，双目绿油油，期待更多。

所以卖艺绝对不可卖身，否则后果堪虞，因为喝倒彩的，亦是同一群人。

少艾

同小友们闲谈，发觉困扰她们的问题，大同小异。

第一，都希望得到异性无私的爱。

别笑，在她们那个年龄，如果没有这种憧憬，才是怪事，她们也真确相信，此事实有可能发生，因此辗转反侧，烦恼不已。

只能用美国已故女星贝蒂·戴维斯一句名言劝慰之："一切人际关系均不可靠，工作酬劳方最稳健。"

第二，担心长得不够美。这种忧虑当然也完全不必要，美色转瞬即逝，留也留不住，气质内涵好似比较重要。

第三，名气、风头不如同辈劲，足以十分伤心。

相反地，她们很少为前途担心，对政局、时势，更视若无睹，真是奇事，想也不想十年后或二十年后的今日，会做些什么。

所以一直说，年轻真是好，二十多岁，错了可以再错，再错后重新又错，翻完筋斗，摔过跤，爬起来，拍拍泥斑，擦掉血一行，又是一条好汉，光洁如新。

旁人为之寒毛凛凛，他们可不觉得有何不妥，年轻一定是那个样子，不必检讨。

石榴

看到石榴总忍不住买一个带回家中观赏。

它是齐白石最喜欢的写生对象，一如毕加索喜欢海胆。

是外形奇突的一种水果，果皮嫣红可爱，剥开，宝石似的籽儿一颗颗绽出来，华人坚持人多好办事，石榴多籽儿，被视为吉祥兆头。

希腊神话中石榴籽儿也占一席位，撰写神话者必定亦是贪其美色。

石榴籽儿苦涩不好吃，吃起来也实在太费工夫，剥开之后，往往搁那里直到霉烂丢弃。

平日最常吃的仍是口口肉的香蕉、苹果、无籽儿葡萄之类，真煞风景，可是，时间总是不够用，闲情一去不再，凡事越是便利，越受人欢迎。

除了石榴，另一样不常见的漂亮水果是新鲜莲蓬，亮丽的嫩绿色，莲子儿一粒粒嵌在莲帽上，可以拨动，但不会脱出来，可当玩具把弄。

紫红色的菱角也是，模样、滋味，均别具一格，与众不同，都不大容易吃得到。

这一代爱喝果汁的孩子不大见过果子的真实样子，同奇花异卉一样，只在图片中欣赏。

笑骂由人

人家说些什么，何必放在心上。

从事这个行业这么些年，绝少听到好话，拙作天天在报章杂志上展览，笑骂由人。

写字机器、爬格子、稿匠，什么都有人叫，他自由他轻佻，我自由我用功，管他呢。

有种人专喜揶揄别人当乐趣，又何必有什么反应，见怪不怪，其怪自败。

势利眼人人有，前阵子金庸抱恙，并不见报纸上载老稿匠孑然一身晕倒家中，那因为他是亿万富翁，他的家住山顶道一号。

由此可见，多多少少是你我学艺不精，刁徒才大胆放肆，故此更加要庄敬自强，深信自爱者，人恒爱之，除了努力写稿，什么都不管。

而入了这一行，大概也一早知道，付出与收入恐怕不成比例，因为喜欢做的缘故，已经够开心，无谓时时抱怨。

稿费低，有人嘲笑发霉；稿费高，又云贪钱；做宣传，被讥搏杀；低调，则是无胆见人。噫，无所适从，不如我行我素。

赞或弹，均无动于衷。

纪念票

邮票可分两种：一种是普通寄信邮票，女皇头，五十年不变；另一种是纪念票，多彩多姿，十分可爱。

最近几年，世界各地作兴用明星、歌星做纪念票，甚至用漫画主角。

加拿大出超人漫画邮票，美国有普雷斯利纪念票，香港不甘人后，林黛邮票面世。

先进国家邮票印得十分精美，纸质优良，浸水不变，齿孔清晰，一粒一粒分明，轻轻撕开，会发出"啪"一声。

比较落后地区的邮票甚难处理，谁是谁，不必点名。

我有几本小书，关于法国名画邮票，凡·高、莫奈、雷诺阿……通通都有，令人爱不释手，这些，全是纪念邮票。

仍喜写信，邮费早已贵过电传费用，可是，信是不一样的，信封上贴好美丽的纪念邮票，多漂亮，已经是一件礼物。

离开英国那年，他们正发行狄更斯小说人物纪念票，何等之有文化。英人每年的圣诞纪念票，印刷之精美，更叫人啧啧称赞，可惜我没有收集任何身外物的习惯。

暴 露

西洋妇女打数百年前便喜欢露胸。

可是胸部并非人体中最漂亮或是最感性部位。

女子露胸而不觉难看，那是因为她身体其他部分更加动人，相得益彰。

脖颈就是更为诱人的地方：雪白皮肤，乌黑鬓角，垂着头，那一片肌肤，真使人愿意伸手去摸一下。

足踝：有一种黑色丝袜，在足踝处镶上水钻，闪闪发亮，吸引目光，多要命。若干女子在足踝处文上图案，不无原因。

肩膀：有一种香水，叫白色肩膀，圆润但不是胖的肩膀真是上帝杰作，不必细表。

耳朵：呵，她的神情虽然自若，可是小巧精致贝壳模样的耳朵却烧得透明，出卖了她……

再记下去，名单再长，也轮不到胸部，可是效颦者众，因可达到战栗性效果，悲壮的牺牲，免费招待，即使不好看，也不好意思攻讦吧。

而不出声，也就等于赞同，可是这样？

印度纱丽最好看，蒙面，但是露腰，衣袂飘飘，宛如仙子。

准备好了

时装店里，身后一个年轻女子对她同伴说："这样的晚装我也有一件，穿到什么地方去呢？我不知道，可是机会一来，我已经准备好了，随时可以出门。"

听了这话，不禁笑起来。

我们都在等这样的机会吧。

照说，中年家庭主妇何必苦苦节食，关起门，肥瘦谁人晓得，还有，又无亲友来访，家居何故收拾得一尘不染。

大约都有种怀才尚未遇的感觉，故此打理定当，一个人的运气什么时候到来，很难说，一息尚存，希望不灭。

老记得琼·科林斯在拍摄电视长剧《豪门恩怨》之前多年没有工作，可是一亮相，简直艳压群芳，那是部什么样的戏以及她的性格如何根本不重要，那种自爱的毅力才叫人另眼相看。

储藏一点精力时间也是好的，有什么突发事件，可以抽身出去应付。

凡事拖到最后一秒才做怎么行得通，届时有更紧急之事，岂非要被逼牺牲其中一样，损失可大了。

名利也许随时来敲门，人总得准备妥当。

整 形

某君整了形，立即减年龄，看上去似二十五岁，漂亮得不得了，只是，那已经不是他原来的五官。

像科幻小说中换了一个身体似的，面目全非，若非照片下角标明姓名，真是认不出来。

应否大修诚见仁见智，有人认为手术并非做不做的问题，而是几时做，有人坚持皱纹、眼袋是生命一部分，应予保留。

理想手术应将事主面容恢复到青春期，而不是换一个头颅，也许徇事主要求，医生不得不增删添改。

最好连五脏六腑也一起换，挑一个最年轻漂亮的躯壳，把脑电波转移过去，再活一次。

届时，施施然参加老友饭局——"你是谁？""衣莎贝。""你不是！"多一份惊喜。

一位女友去修理了眼角回来，这样自嘲："新十年，旧十年，缝缝补补又十年。"大伙笑得眼泪都掉下来之余，亦深觉恻然。

为什么不呢？看上去精神多了，不是为着讨好谁，而是自己高兴。

隔 绝

若干行家认为做文艺工作需百分百投入、专注、用心，以至忽略生活的全面性。

他们除了工作之外，并无其他寄托，拒绝投资感情，不屑做家务，更不耐烦养儿育女，亦不与闲杂人等相处，在旁人看来，即是恃才傲物，孤高傲世，太危险了。

甚至说，要做成功作家，最好不要组织家庭。

只得说，C先生结过三次婚，你看他作品如何？

一天工作八小时足够，无须全情投入，八小时内做不出成绩来，也一定罢手，并非时间不够，而是才情不足。

生活中有许多比工作更重要之事，人生路上至多是名与利，铺满整条街，能者予取予携，可是其他美好事物可遇不可求，非把握机会紧紧抓住不可。

家庭尤其重要，那是工作顺利愉快的催化剂，任何工作若妨碍私人生活空间，应即时放弃，不要与魔鬼打交道做交易。

奉献过度，有碍养生，时光如流水，一去不回头，谁陪你退休，几十本随时或是已经遭时代洪流淘汰的小书？太不值得了吧。

涣 散

同文博览群书，运用得宜，表达能力高强，见解独到，几乎字字珠玑，真叫人羡慕。

自问也不算不长进，也不敢躲懒，可是看进去的书总不大吸收，懂得道理，但不能消化，始终词不达意，只得写些琐事。

每人那支笔的天分多寡是注定的，信焉。

每日阅副刊，实生活中乐事，谁写得好，读者看得高兴，谁写得失水准，读者担心。

专栏文字最要紧是精神奕奕，有说不尽的话，扯不完的淡，切忌精神涣散。

绝对看得出来，数百字都难以为继，疲态毕露，作者该天特别劳累？不，他已经对写副刊没有兴趣了，敷衍塞责。

为什么还要交稿？不过留个曝光的地盘，如此而已，他已经无话想说，亦不在乎说些什么，勉强填满格子，交差算数。

句法、语气、资料，通通十分混乱，开了头，最后数句总兜不回来，难圆其说，一天如此，天天如此，笔管笔，心管心，读者知道，他已离弃本行。

伍

现代女性

+

一直支持鼓吹妇女经济独立，再辛苦也值得，因自信、自尊、自由，均自它而来。

豹皮大衣

其实并没有见过真的豹皮大衣，只在图片中看到，端的漂亮。

可是把那么美丽的野生动物打死，就为把它的毛皮做成大衣，是不可原谅的事，故此越漂亮越于理不合。

一日问友人："到底皮裘行情如何？"

答曰："从一个家穿到另一个家比较安全。"

那意思是，最好别在公众场所亮相，近年情况略有转机，在中国香港、中国台湾地区和日本等地穿不妨，纽约、温哥华很难讲，在伦敦就千万别穿。

象、鲸、犀、虎、熊、豹都是体积庞大、造型瑰丽的动物，因身怀异宝，频频遭人猎杀，实在残酷。

可是钓鱼、吃鸡或穿皮鞋，仍然是普遍行为，一般牵涉到这些杀生，又比较可以接受。

完全不杀生行吗？蛋类可以吃吗？华人说法是背脊向天人所食，但吃狗在英国是违法的，加拿大不准吃熊掌熊胆。

政府认为不合法，则不为之，是很中肯做法。可是许多人过不了自己那一关，即使法律允许，也不愿为。

独立

想象中精神独立比经济独立还重要。

其实，一个人若经济情况起飞，则选择多多，精神一定独立，主见跟随而来。

像买房子，是背山面海的市郊平房，抑或市区中心顶层阁楼？很快做出决定，选名牌跑车抑或吉普车代步，也迅速会有答案。

还有，挑什么样的人做伴侣，可容忍到何种地步，结婚抑或同居，均可客观从容处置。

潇洒背后，亦需经济支持，许多同文爱理不理，爱写不写，嬉戏人间，想必是库房充足的缘故，喜欢搬到哪个城市住都不碍事，优哉游哉，欣然接受文化冲击。

一直支持鼓吹妇女经济独立，再辛苦也值得，因自信、自尊、自由，均自它而来。

然后，爱进厨房者继续努力三菜一汤，喜欢孩子可以生一打，中意独身者可清淡天和那般过日子，还有，大可沉迷恋爱到一百岁。

异性各式礼物，或可照单全收，做锦上添花用，可有可无，一枝花一套钻饰，以及飞机大炮，均一视同仁，欢欢喜喜。

入 魔

知难而退是一门艺术。

有一个男孩，回到家中，脱下外套，顺手扔在地上，严父罚他重新进门，走上楼梯，把外套挂钩上，重复做三十次，谁知这固执的孩子一直不肯停下来，一直做进门、上楼、挂衣服的动作到深夜。

那父亲精神崩溃，对他说："对不起，对不起，好了，你可以停止，去睡吧。"那孩子把外套摔到地上走开。

你佩不佩服这种性格的人？

这种走火入魔式固执用在工作上倒是可以栽培出人才来，用在意气或感情上就不必了。

真的同那个环境、那些人合不来，则走为上计，何必痴缠，此处不留人，自有留人处，不用向任何人证明任何事。

孩子把大衣丢到地上，不如顺手替他挂好，至多嘴里说："外套最好挂钩上。"他若不听，那牛脾气大抵也承传自父母，何用惩罚。

彼此浪费生命最划不来，这里不好玩，立刻到别处，方是赢家，这里指不肯离婚的夫妻，以及硬要做别人插曲的第三者，还有，非降伏敌人不可的好胜人，都是为什么呢？

吹牛

某君上电视吹牛。

他这样说："每做一个行业，做到全行最好，便不得不转行。我做广告，做到最好，转行出版，做到顶尖，又转行写作，这是中文书中最漂亮的一本。"

佩服佩服，吹牛功夫如此精湛，简直已把大兴安岭自东北吹到广州矣。

这种全身刀没一张利（指兴趣太多，无一精通）的江湖混混在都会中数之不尽，都很有一手，反正公众也早已练得百毒不侵，正是，他管他吹，人管人过活。

每到一地，必努力自我吹嘘，方便日后出来行走，那么些年下来，也不觉得累，其志可嘉。

若是一线人物，身份超卓，何须上台自我介绍，越是三四五线之流，身份暧昧，名气若有若无，越是要急急自我标榜。

已经混了那么久，理应认命：你不认识我？不要紧不要紧，恕不再做宣传推广，还抛头露面做甚。

不知多少名人已决定隐居，拿锅铲都铲不动，骤听此人口角，还以为广告业朱氏昆仲来了，或是《明报》企业老板到访，原来均属误会。

优 点

一位年轻的女歌星这样说："我的优点，是懂得把我的缺点隐藏起来。"

叫人诧异，这是何等样的智慧。

太值得学习了。

世上无十全十美之人，人人皆有缺点，可是，能把缺点妥善收藏，也就化为优点。

不善交际者不去应酬，也就不会冒犯任何人，又可维持清高，何乐而不为。

胸无大志者尽写些身边琐事，就不会穿帮，一样有趣味，岂不妙哉。

暴露一个人缺点的，通常是他本人，像四两充一斤，三分颜色上大红（指给点脸色就自觉了不起）等，或是多说话少做事，好为人师，越级挑战，搞得形象可憎。

认识自己极之重要，中年人如何穿粉红色超级短裙去企图讨好？

献丑不如藏，是浅易道理，可是许多聪明人就是不肯那样做，他们觉得自身没有缺点，任何腐朽都是神奇。

所有怪现象都从此而起，仍然有人执迷不悟，前仆后继，皆因不会隐藏缺点。

输 赢

输与赢，其实在于观点与角度。

看孩子们玩游戏，天真烂漫、活泼开心，根本不计较输赢。

也不论游戏规则，旨在参与，无论结局如何，均高兴拍手笑道："我赢，我赢。"

抽乌龟游戏，本来是要尽快丢掉手中所有纸牌，他们可不理，牌越多越有胜利感，不知多快活。

应向幼儿学习。

稿约多，应欢颜，收入也高嘛；稿约少，赚了时间精力，不用苦写，更是赢家。

没有事业，也没有负担，没有压力，一生舒舒服服，优哉游哉，看他人挨得焦头烂额，肠胃溃疡，代价是否太过昂贵？

做红人，大光灯下生涯容易引起狂躁症，众矢之的，矛头不指向他还指向谁？都希望他沉不住气回应一两句，则受用不尽。

一得必有一失，一上必有一落，世上无免费午餐，想到这里，不禁心平气和。

不如跟孩子们学习自得其乐。

相拗

不要同英国人吵架，你会后悔。

英人特喜转弯抹角，情绪又深藏不露，即使相骂，也冷静到可称对方阿 Sir（先生），例："Sir，你是地球的渣滓。"对手若是冲动派，则必输无疑。

同打笔仗一样，最忌人身攻击，一旦对人不对事，则阵脚已经大乱。

并且，吵之前先要顾及身世，这是一次越级挑战，很容易被英人一句"无须对低级官员的评论做出反应"气得翻倒。

英人骂人不带粗话，不动声色，对手任凭是谁都会蹦蹦跳跳，无计可施。

其实根本不必吵，你只管由你说，我只管做我那套，维持缄默最有风度。

否则他一派斯文，穿着西装，又压低了声音，你颈筋绽现，大呼小叫，"卖相"已输一大截。

比起英国人，全世界都是粗人，多划不来。

他们搞国际形象已有数百年历史，殖民地一个个独立，经验老到丰富，从未输过，位位都是谈判专家，对付他们，需用软功，斥责无效。

搞 政 治

喜欢搞政治的人无论在什么地方都有办法兴风作浪。

本来，写副刊是最清淡天和的工作，各自交稿给编辑，任由读者选择。

可是不，有野心的人必不甘雌伏，非要把事情搞大来玩不可。

首先，同上头套足交情，进一步，欺压老总，拉进三五知己好友，作为左右护法，三天两头你唱我和，副刊忽然变成他的大家庭，天天有人在隔壁专栏歌他的功颂他的德。

再接着，便是排除异己，谁要是不理会这种私相授受作风，非友即敌，千方百计轰走他，腾出空位，再引进良朋知己，则整版副刊成为他宣传部矣。

最多时，数一数，至少四五个专栏都同声同气，写同一个题材，看同一角度，势力之庞大，气焰之高涨，一时无两。

真替报馆叫屈，副刊沦为他人免费广告，编辑变成他人伙计。

这种野心人士到今日还有，蠢蠢欲动，总不肯好好地写，总想左右编辑部，总想建立势力。

身份

美国一情景喜剧女主角是流行小说女作家。

一日，她发觉脑塞，交不出"原来她发觉丈夫是女人"那种小说稿，急得发疯，痛哭说：

"天呀，如果我写不出小说，我同其他交际花有什么不同呢？"

别多心，这当然是讽刺杰姬·科林斯，不过，我等东南亚观众看了，亦有共鸣，故会心微笑。

天下乌鸦一样黑，人情世故，到处一般，的确有人拿写作当幌子，因为没有一两个专栏陪衬，身份顿时暧昧，产生危机。

夫子自道：不写作，立刻变为阿姆，敢不勤力操作乎。

写作作为掩饰，又特别容易，你会写字吧，一支笔、一摞纸，立刻有了身份，又够别致高贵，比开花店、搞公关公司省事且省钱。

故此人人都说要写他一两本好书，还有，用英文写了，倒译为中文，那才叫矜贵。

老中青男女，均系作家，叫工农兵商肃然起敬，不过，也有隐忧，非得交稿不可，否则，立刻打回原形，什么，你是小学老师？你不过是家庭主妇？

阿珂

金庸著作中，可爱女性实在不少，老派人会喜欢双儿、小昭，新派人则属意任盈盈、郭襄，她们不但长得美，而且心地好，善解人意，还有一个非常重要的共同点，那就是，在适当的时候，她们懂得视而不见，听而不闻。

讨厌的女子有没有？有，当然有，怎么没有，个人首选，乃《鹿鼎记》中的阿珂。

也只有韦公小宝那样的人，才会对阿珂神魂颠倒，此女一点灵魂也无，空长着一副好皮相，性格如风摆柳，毫无情义同宗旨，哪里好哪里去，反反复复，一见势头不对，立刻屈服，真叫读者齿冷。

因为身世可怜飘零？才怪，金著中女角除了郭芙、郭襄，好像还没有谁是父母双全、家庭幸福的，这不过是借口，套句现代术语，阿珂完全是借靓行凶。

韦公一而再，再而三苦苦追求迁就，读者边看边斥责曰：此女迟早会害你大事，要来做甚。大大不以为然，可是美妈生美女，阿珂相貌大抵得陈圆圆真传，没话说，小宝神功遭到滑铁卢。

现代功利社会中更有无数阿珂，李阿珂、张阿珂、林阿珂、赵阿珂，模样年轻美丽的面孔专门侍候名同利，根本不是真人。

天 长 地 久

小朋友慨叹专栏随时会被编辑部叫停，十分无常，并无保障。

真想笑着问他："你想怎么样？叫报馆同你结婚？"

可是现代婚姻也并非一生一世的事，海枯石烂、天荒地老早已不存在。

那么，叫报馆像聘请公务员那样对待写作人，年年自动调整薪酬，加房屋津贴、医疗服务等等？

可是过那么三两年，便得换朝代改国旗了，可见也并非万世基业。

世上并无永恒之事，我们暂来歇脚，也不过只短短数十载光阴。若有好，必有了，对编辑部寄望不必太大，失望也就减至最小。

不少作者接过三天通知要求停稿，正是，甲报不写写乙报，无所谓，宾主之间，客客气气，去了又来，来了又走，纯属平常，不用痴心地要求花好月圆。

有同文不能接受被停稿，曾发出律师信，可是报馆早有预谋，请检查一下稿费单，是否按日计酬，噫，既是临时雇员，何来保障？

停稿并非侮辱，只不过在该时该地，双方不适宜再继续合作而已。

从没看过

身为读者，通常只留意两种专栏。

第一种，当然是当时得令的专栏，非拜读不可，成功总有某种道理，你我是否欣赏这种素质，完全是另外一个问题，可是一定得知个究竟。

"我从来没看过……"是不知彼做法，日子久了，怕要脱节。

第二种，比红人文章更叫人三思，那是突然销声匿迹的专栏。

从来副刊作者一贯不写甲报写乙报，不写丙报写丁报，都会数十份报纸，断无全军覆没之理，一个名字忽然消失，当然是因为全世界老总均一视同仁，徇众要求，不再续约之故。

失败个案更值得研究。

为什么？为什么？为什么？

偶尔再看到那个名字、那种文字，必定静心读三次，以免重蹈覆辙。

是题材太过私人，是观点过分狭窄，是思维十分落后，抑或文理实在不通？

成功与失败同样有许多因素，成功因素甚难模仿，失败因素却往往可以避免。

顿首

甲初出道时，乙不住奚落甲，甲的作风、言语，甚至体形，都是乙讽嘲践踏之对象，人前人后，尽情侮辱，白纸黑字，数其不是。

后来，像一切粤语旧片的剧情，甲抖起来了，乙反而落魄，乙去求甲谋个差事，甲既往不咎，慷慨应允，于是乙修书道谢，好话说尽，最后署名，弟顿首。

顿首。

真是皆大欢喜，某乙一顿首，立即有进账，某甲付出些许酬劳，可使前任敌人顿首，传云所牵涉酬劳，不过三五万港元，如此这般，化干戈为玉帛，不亦乐乎。

照说是件好事，可是为啥旁观者直觉得背脊凉飕飕？可见此刻讨生活，实在是不容易了。

随着岁月变迁，我们对一件事、一个人的看法，总会改变，少年时好友，今日成为陌路，当年心头所好，如今茫然，谁也逃避不了变迁。

可是相信你我尚不至于要为着盏盏之数跑去同三年前的敌人顿首。

生活真正逼人。

有 计 划

友人说起谁谁不懂得处理生活，然后提到在下："她？她比较有计划。"

我？

当时一呆，许是对的，旁观者清，但即使有计划，也不过是每日黎明即起，把一天的稿子先赶出来罢了。

持之以恒，作有时，息自然也有时，准时交稿，报馆自然准时出稿酬，收支于是安顿下来，其余一切也就顺理成章，这许是日常生活中唯一的计划。

别人，别人看法则两样，也许别人认为意气最重要，风头不可少，别人也有计划，他们的计划是如何在最短的时间内做最少功夫，得到最多的名利。

有人还真成功了，有人则差一步半步。

这么些年来，报馆若来取稿，取到的一定是稿件，而不会是一盒蛋糕或是一枚炸弹，如此而已。

一辈子都没有计划过如何讨好老总们，甚至是读者们，也从不赠阅。

不过交稿限期假如是一月一号，绝不拖至一月二日，一定备充分时间略为修改文字，没想到唯一计划在友人眼中如此成功。

不 信 邪

友人常来询问，某人是怎么样的人，某事是怎么一回事。

有问必答，很简单地三言两语把真相告诉他。

自他眼神，已知道他一成都不相信——你偏激吧，你夸张吧，你性格不可爱，所以才会有那样的遭遇吧。我，我不同，我成熟大方智慧，那些人对我必定另眼相看。

看官，作为旁观者，我们时常纳罕，怎么那样的浪荡子，也总还有少女们前仆后继去亲近他，原来都为着不信邪。

人人都以为他是他，我是我，我必有能耐降得住此人此事，我是例外。

错，没有人有优待券，人人都不例外。

一两年后，友人已讶异地说："原来你讲的，全是真的。"

谢谢，谢谢，真相的残酷度，甚或有过之吧。

怎么会知道？并非想象力丰富，或是资质特别聪明，而是这个人，早已领教过，这件事，曾经克服过，吃了亏，自然学乖。

你不信邪，不妨不妨，迟早轮到你。

油锅里

这是讽刺贾琏："油锅里的钱，都要掏出来花呢。"

我们痛恨骗取老妇人棺材本的歹徒多过持枪抢银行的大贼，因无良程度有过之而无不及。

在什么地方赚钱，要研究清楚。

从来不到老板掌事小本经营的铺子打工，怎么做？乌眼鸡似的盯着，上多次洗手间都几乎要道歉。

又谁谁谁创业，寻求赞助，对不起，我并无起死回生之力，请另觅高明。

人家的作风是六折抬一箱货回来，八折出售，每件赚一元，谁忍心去开价："我的出品要包销，每年三百万。"

可是你别说，就是有油锅里掏钱花的人，多多益善，少少无拘，怕什么，事主心甘情愿拿出来，又不犯法，正是能取多少就多少，直至有日坏了招牌，关门大吉。

港人出名爱财，可是却时常听见友人摇头叹息道："这样的钱真赚不动。"徒呼荷荷，因代价太大，得不偿失，不得不把一堆堆钱推出门去。

对江湖客来说，品与格通通不是一回事，略劝几句，必定反问："你养我乎？"声名狼藉，在所不计，真是末世风情。

无益

无须过人的智慧，也应该知道，形势比人强的时候，多争无益。

从前有不少人，一知道配偶有了外遇，便闹将起来，弄得不可收拾，家事街知巷闻。

现在全改过了，都说如果不打算离婚，不如假装看不见，假使决心拂袖而去，更不必多言。

这是处理一切人际关系唯一可行之路。

从前我们不懂得，会天真而伤感地去问老板：为什么你升他不升我？

咄，他身为老板，爱之欲其生，恶之欲其死，天经地义，我们身为伙计，东家不打，立即去打西家，也不用牢骚多多。

吵闹目的何在？相信当事人也说不上来，为的也许是出口鸟气吧，株连者众，谁谁谁，知情不报，都是可杀的贼，某某某不愿表态，更是奸人一族，怪来怪去，皇帝一定是受小人唆摆，东宫确是受谗言所累，太子被狸猫掉了包……

最好剧终时来个恶人有恶报，大团圆结局。

可惜真实世界里命运并不如此安排生活，我们终于还是强壮地站起来了，带着创伤离开是非之地，去寻找美丽新世界。

虎落平阳

人一落难，受了委屈，最先想到的至理名言必定是"龙游浅水遭虾戏，虎落平阳被犬欺"。

无须商榷，所有与我们敌对的、有利害冲突的人，通通是犬虾类。

这也无可厚非，是人之常情，不过，这两句真言可不能天天念，念到老。

世上没有一生困在浅水里的蛟龙，而真正的猛虎，迟早会回归原居地，长则十年八年，短则三五七载，必定有所作为，脱离困境，飞跃腾空。

故虎落平阳这个论调，只可做一时慨叹，不可当终生座右铭，事在人为，倘若一直都觉得那个环境亏欠我们，大概要想点办法，克服它，或是远离它。

做不到的话，也许就不必嘲笑别人是犬或虾，一起混了那么久，早已变成同伴、同事，彼此已无界限。

真英雄出了头，含笑讲起微时挫折苦难，不由人不叹一声虎落平阳。

很多时候明明只是狗咬狗骨，其中一条狗硬是派他狗不是，心态奇突。

同怀才不遇一样，口号叫久了，还有谁要听，自欺欺人。

不 能 去

有些人的约会，不能去就是不能去。

一顿饭后，隔了四天，那是副刊预早发稿时间，饭桌上交谈的每句话，客人每一个动作，都会出现在他的专栏里，绘声绘色，招待读者。

原本也无所谓，写出来也蛮好玩，可是爱写人的人，常常有一个通病，那是不知怎的，男女老幼，到了他笔下，通通变得神经兮兮，庸俗夸张，只会得呱呱大叫，那么他，智慧的作者，不得不温柔敦厚，对朋友循循善诱，做出榜样……

次次都这样，傻瓜才与他共席。

与他玩过一次牌，就把人说得似赌徒，喝过一杯茶，立刻成为莫逆，到后来，不出席也不行，他文字里硬是影射你当天在场疯得不知多高兴。

所有朋友都是傻瓜似的被虐狂，对他为人佩服得五体投地，抱着仰慕的心而来，痛痛快快地听教训，完了还感动得落泪。

这次用完众人大名，下次再来，天天如此，直至谁实在胃溃疡了，发律师信给报馆。

真是怪人，他是真正相信自己乃鹤立鸡群，抑或存心欺骗读者？

闲 谈

闲谈中，这样说："将来结婚，给我一张帖子。"那少女讶异地抬起头来："你怎么知道我会早婚？所有看相的人都说我会早婚。"

不禁笑了。

不用异能神功吧，少女活泼漂亮、温柔可爱，一定多人追求，正念大学，接触大把年龄相仿、条件优秀的男生，自然会挑到对象。

她又特别喜欢孩子，想必愿意成家立室，三两年间，大约会给阿姨们发帖子吧。

生活经验使我们有时料事如神，几乎成为推理高手。

闻说某人某事某种遭遇，成功或失败，已经心中有数。

不是说看偏了人，即使真正六月也会飞霜，不过概率就十分之低了。

一般来说，凡是太迫切太激进地希望一件事成就，多数事与愿违，很奇怪，古人一直说"有心栽花花不开"，还有，"不如意事常八九"。

太过渴望，当事人往往忘记估量本身能力，同时，不顾一切硬闯，使对手反感，反而弄巧反拙。

铩羽的多数是激进派。

紧张

友人说：成功人士，办事多数十分轻松。

呵，那是一等一的成功，拈花微笑，不费吹灰之力，已经比别人成功，那样的人，每个行业不会超过一两位，是极之难得的例子。

次一等：紧张、郑重其事、要求高，狮子搏兔，试了一次又一次，直至共事者头痛，可是成功了，这种例子比较多见，一般人心目中的成功人士，泰半属这一类。

有些人，对工作吊儿郎当，根本无所谓，浑浑噩噩，不肯用功。不过，可幸他对事业也没有抱负，能够有口饭吃已经心满意足，这样，性格也相当可爱，他不种也不收嘛。

最可怕的一种人，专爱装模作样，凡事紧张得不得了，满城乱钻，哗啦哗啦，不是这个迫害他，就是那个不懂欣赏，搞半天，一事无成，毫无疑问，那是比较低等的一种做法。

多方面尝试对少年人来说有利无害，可是到了一定年纪，应对自身能力有正确了解，像拙作改一千次也不会成为《鹿鼎记》，不如爽爽快快以真面目示人，也不必紧张，当时尽了力就算了。

知彼知己嘛。

朋友第二

有人扬言，自己第一，老友第二，敌人永不上榜。

这个理论乍一看还真的十分正确，实际上却不大行得通。

存心结交人，就要把人放第一位，祖师爷刘备就懂得这个道理，话说赵云百万军中救阿斗，千辛万苦把阿斗救出带到主公面前，那刘备看也不看，顺手摔地下，说："为这小儿险折我一员大将。"兄弟，这才是真正高手。

动辄自身放第一，你，你，你，通通跟在老子身后，那样还如何收买人心？世上无人甘心认第二，把老友排第二，老友即成老敌。

敌人永不上榜？度量浅窄，立时三刻路人皆知，敌人是非常值得尊重的一号人物，容纳敌人，更显得雍容大方，何乐而不为。

为何如此虚伪？噫，要做，表面功夫就得周到点，全面点，以免各路英雄取笑，否则，还不如不做，干脆回家带宝宝，省钱省力。

朋友与敌人，全体当作踏脚板，那是无论如何不可行的，敬人者，人恒敬之，该放第一就放第一，该放第十就放第十。

幽默感

一直认为，小说读者，必定要有若干程度的幽默感。

情节感动你，对白激起共鸣，主角的遭遇叫人慨叹，一直看至完场，已经是好小说。

其余不必细究，小说全属虚构，而且小说是小说，与大道理不同，看小说主要讲享受、娱乐，学不学得到真理智慧，尚属其次。

小说读者切忌板着面孔训曰：第九章第六节那件小事，通吗？又第三百五十页第四段中那些摆设、那件衣饰，真有可能在现实世界找到吗？

小说最好看之处，乃在情理之中出人意表，举个例：《红楼梦》第五回，宝玉来到可卿房中，只见案上设着武则天镜室中宝镜，一边摆着飞燕立着舞过的金盘，盘内盛着安禄山掷过伤了太真乳的木瓜……

难道我们做读者的还即时站起来斥责道："咄，混说，一只木瓜如何自唐朝直摆到清朝？"况且，《红楼梦》的作者又几时说过故事背景设在什么朝代。

好看，已经足够，于情理不合的故事很难看得下去，有所启发的小说已是一级小说，其余的小瑕疵，也许只是作者嬉戏人间，一时活泼的戏言。

过分认真的读者，不如改看新闻版。

最 凶

说来说去，读者最凶。

我们拥有读者，同时，我们也是别人的读者。

无论专栏作者的文字多么秀丽、曼妙、刁钻、活泼，无论他的观点如何精细独到，题材怎样特别、新鲜，读者如果不爱看的话，等于零。

一定要吸引读者看。

有人说，叫读者一边看一边骂也好，这是很无奈可悲的一种现象，最好不要沦落到这种地步。如果不能够叫座又叫好，那么，情愿具有选择性一点，把读者群限于某一阶层、某一数目——无谓企图讨好每一人，大抵也无可能做得到。

有一说，传某种作者故意迎合读者，这是办不到的异能神功，正如老匡说，倘若他懂，他的读者早以百万计，每年版税过亿。

读者一转头，专栏作者的事业就完蛋，令读者最迷茫的通常是"我实在不知道他想说什么""观点十分肤浅""好像与现实脱节"。

摊开报纸，二十余页，选择太多，一天、两天、三天不看某专栏：永远不再拾起，读者便渐渐流失，直至无人要看。

才 情

写稿是需要装备的。

精神最重要，疲倦的时候写张便条都难，还作长篇呢！

心情至要紧维持不温不火，又仿佛有点话要说，最适宜写专栏。

然后，找一个房间，斟杯茶，进去，关上门，坐下来，把它写出来。

熟悉的稿纸，用惯了的笔，写起来比较快，工作间如果比较静，也有帮助，书桌宽大，椅子舒适，当然没话讲。

不过这些都是客观条件，不足以造就一个作家。

写作人讲的是才与情，真正有才华与感情丰富的人是极少的。

我渴望被关怀，但这不表示我有情，你见多识广，但也不等于有才。

才华是先天的聪敏加后天的修养，那种晶莹清秀的气质，一望即知。

有情人并不忙着卿卿我我，有情人对生活热爱，人与事，从不令他失望，他总能看到乌云的银边，乐观豁达。

自叹不如，故力谋向海的书房。

复合

结婚之前忧心忡忡是必然的事，两个人生活在一起，朝夕相处，可合得来？他的家人，是否和蔼可亲？时间在工作与家庭之间够分配吗？还有，什么时候生孩子？

离婚当然是悲哀的一件事，感情投资失败，赔上时间、心血、金钱，最令人颓丧，不过，结束不愉快的关系，从头来过，总会见到曙光，无论如何比痛苦地拖着好。

男女关系中最奇怪的一环叫复合，尤其是分手时喧嚷得很厉害的那种复合，当初不但有第三者、第四者，且已对着所有亲友把对方数臭，忽然之间，走投无路，又复合了。

不但服过幸福牌健忘丸，大抵还得采用夫妻牌超能胶，于是既往不咎，重获谅解，皆大欢喜。

真是要非常宽宏大量才能做得到，否则在某一个天色阴暗的下午，心情恶劣，发起牢骚来，难免会提起从前糟心的经验。

说起来，两性关系，真是无限辛酸、有限温存，到最后，大家都说，尽量维持伙伴或好友关系，最不伤和气。

那么，双方经济无论如何要独立，地位才能平等，互相尊重。

应 酬

近年社会风气讲打真军[1]，不大看得起满场飞的应酬专家。

从前，一般辛酸的说法是你懂得什么不重要，认识什么人才要紧，此刻此说已行不通，无论把老板应酬得多好，至多三天两头有的吃，用起人来，老板还是只对能干人士青睐有加。

虽然许多人说不喜应酬，可是每一个圈子都有它的学问，想打进去也得费些功夫，否则，请人，人不来，想被请，收不到帖子，故有公共关系公司，专门代人请客。

不止听过一次，有人为收不到某张帖子而烦恼，大抵是面子问题——他认为他斤两十足，而实际上分量不够，因此郁郁不乐。

有无必要呢，吃罢那一顿，与达官贵人招呼完毕，衣食住行还不是自负盈亏，庄敬自强嘛，有的去就蹭蹭热闹，没的去乐得清静，已很少有人会因为谁同总督共席而对谁另眼相看。

应酬二字，含有场面上敷衍之意，大抵有些心怀不轨，有所企图。有一阵子，某君请客，一定到场，菜好酒好，主人家言语又风趣，图开心呀，这种应酬，欢迎之至。

---

[1] 指不用替身或借位，亲自上阵。

现代女性

金著中最具现代女性特色的主角是任盈盈。

试分析一下。

她是一个大机构的承继人，该机构叫魔教，她的职位是圣姑，她甚具领导才华，得下属敬爱，在手下眼中，她的情敌岳灵珊，替她提鞋也不配，读者也完全同意此说法。

她性格活泼、乐观、刁钻、自在、快活，不受礼教拘束，大胆地爱，勇于牺牲，衷心欣赏、仰慕令狐冲，不介意为他受委屈，甚至装聋作哑。

身份那样矜贵，却从不拿腔作势，恃宠生娇，行事作风大方磊落。特别使女读者高兴的是，她不像双儿、小昭，唯命是从，没有主见，任盈盈的聪敏才智，高于常人，又掌握大权，却从来不用之来控制别人。

真是难能可贵的一个女子，在令狐冲对岳灵珊尚恋恋不已之际，她又懂得忍耐等待，站在那浑小子身边，无限量支持。

一直想，有机会认识任盈盈这样类型的朋友，一定是幸事，百分百值得信任，又从不使小性子，且财宏势伟，随时愿意帮助朋友。

金著女子中，数她最可爱。

艺术家

据说，在美国，自称为艺术家的，最保守数字有一百万人。

其中九十九万是作家吧，哈哈哈哈哈。

估计艺坛明星大概只有几十个，能全职以创作为生的只有一千多个，半职的又几千个，做周末艺术家的人倒不少，其他只好做观众。

完全是一座金字塔。

人生路走到大约一半，会产生所谓中年危机，为了证明自己能做一些什么，最简单的莫如买来笔纸，开始写作，故此作家一贯多如天上之星。

要不就当画家，成本稍贵，不过，功夫差可以赖社会没有文化，观众薄浅，以及画廊不识泰山。要不，就搞室内装修、摄影、服装设计。

都好像是靠天分，无须准时上下班，自由自在的天下第一营生。

在酷爱艺术的城市，像纽约与巴黎，大抵算是高贵的身份，可是在香港，没有作品示众的艺术家仿佛就等于是无业游民。

我们常常看见打扮潇洒的各式人士自称编剧、影评人、专栏作家、现代舞者……吃茶聊天就算一天，叫人羡慕。

且听我说

你穷吗?

我怎么会穷,我拥有一定数目的读者,我的工作是我毕生至大的兴趣,我当然不穷。呵,是指收入方面吗?准时交稿,准时领取稿酬,生活过得去,十分安定。

你富有吗?

在商业社会做文艺工作,怎么可能富有。本都会只得五百万人口,且对阅读兴趣不高,尚无条件造就亿万大作家,况且写作人多多少少有点头巾气,许多猥琐的地盘实在去不到。

秘密在量入为出,不作非分之想,时常有人挑衅说:"写作发不了财。"可是发财并非我的目标,甚至出名也不是,况且,教书、任职公务,甚至整个银行区的白领……大概也通通发不了财。

这个行业能维持一个人合理的生活吗?

当然可以,不过,合理只是合理,千万不要涉及私人飞机、大炮、航空母舰、核子弹。

在本行扮得太穷以及太阔都是毫无意义的事。平均稿费并不低,随便写一两段都已胜过小学教师的收入,可是,市场顶点也十分公开,不容人大言不惭,夸夸吹牛。

情愿挨打

传说某女星替恶势力拍戏，片酬只取一个零头，女星否认，笑曰："九折还可以，八折收费，情愿挨打。"

说得真诙谐，可是笑中有泪，江湖凶险，尽在不言中。

出来走，不免会对某人某事说不，在对方眼中，立刻贬为小人，怀恨在心，说不定何年何月，就挨骂挨打，可是，有些事，基于原则，实在不能让步，只好摇头说不，对方尽管喊打喊杀，也无法答应。

曾有老总十分困惑地问："你可是年年要加价的呵！"作者比他更困惑："不然，难道年年减价？"私底下整个编辑部有什么观感，如何评论，哪里还管得了那许多，总之目的达到，作个揖退下，明年再来。

可是某些杂志作风嚣张，内容拙劣，虽自诩稿费最高，也不要去睬他，不复电会不会挨打？还不至于吧，那就好。

听到人家情愿挨打也不肯就范，也就该知难而退了，自由社会，选择自由。

在一个行业耽久了，内情几乎了如指掌，什么样的作风会引起什么样的后果，也猜个八九不离十，哪一条路通往何处，也知个大概。有些事，情愿挨打，也做不得。

真小说

为什么讲小说是真的?

编故事的人,虽然虚构了情节,杜撰了人物,但是作者的价值观与生活经验却总在幕后蠢蠢欲动,呼之欲出,所以小说永远瞒不过人。

细心的读者,不难看得出那平时活泼言笑的某,其实心底是何等寂寞,又一贯自诩崇尚爱情的某,心态实际上是何等伧俗。

文如其人,再也错不了,我要是记者,再也不耐烦访问写作人,干脆把他的作品细阅两遍,抽些语录照登,保管比问答更真实精彩。

一个形容女主角"一向以武则天言行为榜样"的作者,大抵不是省油的灯,平日再谦虚,不过是假象。

"我们的心,都有过滴血的时候,伤口或许痊愈,疤痕长留。"这必定是伤心人,接受访问时笑容再和煦,也不能作准。

"最毒妇人心",作者恐怕老土兼偏见,思想颇有问题,不易相处。

以此类推,不用访问,已知端倪。

最真的是小说,十余万字一篇,假的哪儿写得了那么多、那么长。

老板叫

老板叫重要还是朋友叫重要？

其实一样重要。

老板找我们，泰半是为着商量互惠互益之事，当然要飞身扑上，可是且慢紧张，只要功夫做足，并且遵守行规，又知道千万不可在别人的山头撒野，则一定事半功倍。

反而对朋友要小心侍候，人生在世，能有几个知己，人生路走了大半，大家也都发觉，原来路上最容易找到的却是名同利，不信？你试试苦闷时找个人谈谈心看，而稿件交到报馆，则一定可收到稿费也。故此朋友一叫，一定即刻大声答应。

人各有志，一些人朋友叫，三个礼拜叫不动，某老板来了，一叫便出动，且到处主动找陪客。

老板也分两种：现有老板，以及街外老板。现存的宾主关系自然该好好维持，可是通街都是阔佬，总不能位位都上前叫声"老板你好"。

刁滑之徒如我，一眼看去，约莫也知道该报大抵不会向我邀稿，还有，邀之，恐怕也不打算写，既然如此，何用过分殷勤。还是先与朋友聚了再说，畅谈一番，有益心身。

老板多的是。

陆

各适其适

+

每一次都有输有赢，有得有失，江湖守则是见好要收，切忌身后有余忘缩手。

疑心

可能是没有靠山的缘故吧，我家的人把工作看得比较重，轻易不言放弃，同一岗位，一做便十多二十年。我算是最没长心的了，在新闻处也做了七年半，1977 年开始，未曾拖过一日稿。

别人好像潇洒得多，中年人，三个孩子，房子需分期付款，一般动辄拂袖而去，辞工不干。

意气真的如此重要？工作上委屈真的与个人原则有那么大的冲突？抑或社会真正富庶，到处找得到更好更高的职位？

这么说来，我们迄今尚战战兢兢、小心翼翼，每朝念念不忘把功课赶出来，是否过时、可笑的一种行为？

同班同学，这个告假是因为妈妈生日，那个瞌睡是因为心情不好，又有人是某会大阿哥，带着小的们联群结党耀武扬威，班上真来求学问的学生，心情总会受到影响吧。

老师怎么说？社会学校没有纠察或导师，各人好自为之，非要定力过人，真气十足不可。

很多时候还是感慨了，这样死做死做，多多少少有点瞎起劲的成分吧。

有同嗜焉

贾母与贾宝玉是祖孙，且男女有别，却不约而同地喜欢与年轻貌美的女孩子做伴。

人同此心。

年轻人有朝气，且无心机，不会斤斤计较，天大事耸耸肩作数，十分豁达，嘻嘻哈哈，乐观态度感染旁人，与他们相处，如沐春风。

尤其喜欢漂亮的年轻人，还有，比较聪明的，更懂得讨大人欢心，如有性格，则加多三分，身段好，又得人中意些。

算下来，眼光与要求同坊间一般男士没有什么分别，也难怪贾母同贾宝玉所见略同。

谁不喜欢美女，世上丑陋的人与事那么多，叫人心烦意乱，难得与美人吃杯茶，养养眼，不知多享受，长得好，真是一宗功德。

话说回来，青春总会消逝，岁月一去不回头，皮相渐差，这个时候就该培养内涵，至怕中老年人做少年打扮，那样留恋过去，当然是因为今朝不如意之故，感觉凄凉。

不如自动将身份升级，作为观众，指指点点，谁家少年或少女真正出色，赞赏一番。

口头禅是："老了呀！"

RICH

拉开冰箱门，哗，果酱、牛奶、冰激凌、蛋糕……应有尽有，不由得笑道："Gee, I'm rich.（哇，我很富有！）"

真的，一个人可以享用的，不过是这些，对普通人来说，物质去到某一地步，再上去，没有太大的意思，你要是快乐，已经可以快乐，你要是不快乐，钻石冠冕与飞机大炮也不会使你更加快乐。

衣食丰足之后，富裕与否，是一个人的心理状况，屋更大，钱更多，都没有标准，大叫一声"我知足，够了"，便不用再花精神、心血、时间。

这样的理论，野心家听了，会"扑哧"一声笑出来，叹句"你这人倒是可爱起来了"吧。

不知从什么时候，拉开抽屉，连看到厚厚一摞空白原稿纸，都会有富裕之感，应有尽有，一样不缺，怎么不是呢？

并且见什么可以买什么，像恐龙模型七套、九大行星仪一具、十二排挡山地自行车一辆……还要怎么样？

不住渴望是一件很累的事情，对少年人来说，渴望也许是进步的原动力，可是许多物质，辛苦争取到之后，也不过堆山积海扔在仓底，根本用不到，值得吗？

内疚

1944年，一名美国年轻空军返回营地时错过了最后一班公交车，当时他被派驻英国一小镇，他不愿半夜步行十八里，顺手牵羊，不问自取，借用了停在栏边的一辆自行车。

他一心想物归原主，可是第二天忙着出发去轰炸德国，回来一看，自行车已告失踪。

"近五十年来，我都内疚。"今年，他，罗渣·庄生，一个得克萨斯州外科医生，回到那个英国小镇去，打听到该处共有九十三名儿童，他买了同样数目的自行车，穿上他第二次世界大战时的空军制服，逐家逐户拍门归还自行车，车上还注着每个孩子的名字。

故事原载《生活》杂志，算一算，庄生医生已接近七十岁，能够还却心愿，真是美事。

再算一算，好一点的自行车，时值约美金一百五十元，九十三辆，将近一万五千元。

他老先生还得去小镇人口统计处调查孩子的总数，大抵十八岁以下都算是孩子。

每户拍门，寒暄数句，十五分钟计，要一天一夜才能完成任务，还没把货车绕镇的时间算在内。

真彻底。

但愿人人可以如此解决内疚。

求己

倡导妇女解放的史丹楠说："我们之中已有不少成为我们当初想嫁的人。"

读毕这样的金句，先是一怔，然后一直笑，一直笑，笑得眼泪掉下来。

谁说不是，抬起头来看一看，友人们经过多年奋斗，真是要人有人，要才有才，收入稳定，言语幽默，涵养一流，外形又维持得好，整洁美观，苗条潇洒，顾家，爱护朋友，烟酒赌全不来，如此人才，不正是我们少女时代想嫁的人吗？

求人不如求己。

干脆上山修炼。尊敬律师？自己读法律。崇拜作家？自己学写作，学成后，爱嫁什么人嫁什么人，不受附带条件影响，这才是真正的解放、真正的平等。

年轻时大家老是慨叹好的对象难找，20世纪60年代成长的女性还不懂得其实不必把终生幸福寄托在他人身上，踏入80年代，才发觉只要做得更好，就不怕没有更好的伴侣。

你不必背我，我也不会成为你的负担，大家脚踏实地，往前走。

分身乏术

一位搞音乐的太太诉苦:"有没有人问托斯卡尼尼或是巴赫如何在音乐与家庭中取舍?"

可是社会对于女性一向苛刻。

你的事业固然做得不错,可是,你是否是一个好主妇呢?没有人问丘吉尔花多少时间在家务上,可是对于撒切尔夫人,我们非常有兴趣知道,她会不会做早餐给家人吃。

访问女名人之际,记者总喜欢加一句:"你怎么样分配时间给孩子?"

从来没有人问胡菊人或李怡这种问题,他们为他们的信仰鞠躬尽瘁已经足够。

你大概不知道倪匡缝纫、烹饪及带幼儿的技艺均不错吧?不要紧,他做好大作家就是了,不过,换了是个女性写作人,公众要求又自不同。

事业与家庭不能兼顾?不能算好女人,事业与家庭均调理得头头是道?不过是一名普通的女人。

另一位女士谦道:"如今哪一位太太没收入,不过是一百万同两百万的分别罢了。"

男人背脊有无凉飕飕?没有吧,他们还在抱怨时髦女性看不起他们呢。

想回家

你想不想回家？

不是玩得不高兴，而是三五个小时一过，忽然之间会想家，想回去躺下来，斟杯冰水，开着电视，享受家的宁静安详。

患回家症已经很久，独居之际，更加厉害，下班之后心急如焚般赶回家，曾被同事揶揄："家又不会跑，晚些回去不妨。"

老觉得什么地方都不如家，因布置得富丽堂皇？才怪，简直是陋室铭，可是在家中可以解除束缚，卸下盔甲，脱掉面具，真正休息。

到了今日，变本加厉，恋家成狂，根本不愿离家，时常两三日不出门，自给自足，不假外求，舒适、平和、安全，还有，一点是非都没有。

英谚说，一个人的家是他的堡垒，故也不打算招呼朋友。

爱家爱得不得了，因此对于一些深夜三点尚未归家的人，深感纳罕，还在街外泡？那多累，天天如此，惨过上班。

略喝一杯茶，逛过两条街，已经想家，自然很少出远门，求仁得仁，是谓幸福，最大快乐是可以自由选择生活方式。

即死

非常迷洛·史都华的几首旧歌，可惜录音带时常失踪，不知重买了多少次。

最近一次，在商场店铺中，少女售货员取出盒带，双眼远视，已看不清细小的曲名，得请她读出来听，可是并无自卑，照买不误，名副其实的老歌迷。

奇是奇在这样悦耳的歌曲一直未有洋为中用，何故？并不难唱，又是一流的情歌。

试想想，由黎明唱出"如果爱你是错，我不要做对，如果生活得正确是生活里没有你，我情愿终身误"，歌迷一定即死。

那么还有学友，他可以用那感情丰富美丽的声线申诉"我实在不想提及，你如何碎了我的心，噢心，我的心，我的老心"。

洛·史都华的歌耐听是因为它们悲伤，不知怎的，作为他的歌迷，一直有种感觉，他的感情生活并不如意，不知少了什么，一直愤愤不平。

但事实又不像，谁知道，也许卖艺人台上已经炉火纯青，再难分真假。

这么些年来，一直奉献版税，但愿老读者也同样对我。

嚣 张

友人很困惑地说："你有无见过某某那帮人？态度嚣张跋扈，出来谋生，必须那样吗？"

说老实话，是有一定需要的，因略为谦和低调些，怕会叫人怀疑实力不足，江湖上传一传，什么难听的话都来了，几乎没说他连房租都付不起。

故此你大我，我大你，通通成为梭哈高手，实力若干根本不重要，为免人踩我，首先我踩人，圈内沙尘滚滚，煞是好看。

一向反对把荷包翻过来示众，并且也绝对不怕被人看不起，那不过是因为工作性质得天独厚，根本不必见人，也不用同人比家当，只要做好功课即行。

一些没有那么幸运的人，因要见客，非摆架子不可，还有，伙计也刁钻，在他们跟前，更马虎不得，不夸张行事，无以为继。

渐渐变成生活习惯，敌友不分，口气惊人，一张嘴，喷死人。

在这种风气影响之下，最好维持缄默，不能再做殷实状说："我们是小生意。""收入很普通。""销路马马虎虎。"人家不但立刻信以为真，且再减九十分，真正死而后已。

难

如何彻底实施环保，令人头痛，只得尽力而为罢了。

厨房尽量减少用纸，改用毛巾，一年也许可以省下一棵树的纸浆，可是天天洗一大摞毛巾，用水、用肥皂粉，还得花电力把它们烘干，也是糟蹋能源。

到超级市场，不用塑料袋，改用纸袋，更加浪费，因纸袋不能再载垃圾，有些公民意识特强人士索性用自制布袋到超级市场购物，令人佩服。

十多年来，均用莲蓬头淋浴，节约食水，且卫生快捷，好处说不尽，可是，却赞成公众泳池的水天天换，那样，又是否一种矛盾。

人离开房间就把灯关掉容易做到，还有，从来不用喷发胶，送礼物免包装。

可是最残忍的建议是停用纸尿片，有幼儿的家庭想必会怪叫，这可能是本世纪最伟大的发明之一，少了它，相信我，世界不一样。

故此对环保这件事，只能应个卯儿，废纸重用仿佛是《国家地理》杂志的责任，重用纸比簇新纸贵得多。

雨林不停被砍伐，一巴西乡村的乡长说："当乡民饿着肚子要求再给他砍一亩树木种植谷物充饥时，你很难拒绝他。"

帕帕罗蒂

费里尼电影《甜蜜的生活》中有一个小角色叫帕帕罗蒂，此人是摄影记者，专门偷拍名人生活照片，无孔不入，惹人讨厌。

之后，好莱坞管这种冷不防被拍摄的照片叫帕帕罗蒂（意为狗仔队）。

到了今日，帕帕罗蒂成行成市，成为大都会特色。

一般来说，主角对牢镜头，摆好姿势拍的，只是宣传照片，无味，帕帕罗蒂精彩得多。

周刊擅拍帕帕罗蒂，好几次想打电话去询问：喂，是否雇用私家侦探用长距离镜头所拍？

呜呼噫嘻，一个人成名以后，不但不能保护他的名字，亦不能保护他的身体，只得不住忍受骚扰，而徒呼荷荷。

帕帕罗蒂之兴起，是因为群众有求知欲，文明自由国家规定人们有知之权利，有求，必有供，一张罕有的帕帕罗蒂价值连城。

是否道德？咄，你好不迂腐。

事主的心理也很复杂，有些是欲拒还迎，一半一半，有些是真正饱受骚扰，忍无可忍，对记者动武。

记者不过例行公事，要怪，怪读者太过好奇，还有，名人太过出名。

台风夜

友人说的故事。

台风夜，他独自到某夜总会喝闷酒，除他之外，只有两位客人。

一男一女，长得不知多漂亮，一直在舞池中畅快地起舞，步法美观投入，羡煞旁人。

他说："多懂得享受！"而且找得到拍档。

跳探戈需要两个人呵，兄弟，要运气非常非常好才找得到志同道合的伴侣，否则你说东来我说西，别说是跳舞了，走路都难。

是否白头偕老根本不是问题，最要紧是某个晚上，他年轻，她美丽，他建议去跳舞，她欣然答允，他不觉得荒唐，她不认为放肆，两人快快活活地消磨了一个良夜。

喝闷酒的朋友见过这一对璧人之后，更加烦闷。

较年轻的时候，台风夜，也有人相邀去观风雨，只是说"明天也许还要上班"，人不对，顾忌就多：一个招牌不幸砸下来，怎么办。

有人不是自由身，有人提不起劲儿，有人不会跳舞，有人怕台风，想疯不一定疯得起来，是的，我也羡慕那对男女。

苦写

这是一个三十分钟的电视剧集。

一个久不成名、苦苦挣扎的写作人要枪杀著作等身、当时得令的大作家，他对他说："有你这种人在，我永远无法出头，我爱煞你的作品，但恨恶你人，你写作天分与生俱来，看，不费吹灰之力，便写成无数小说、诗篇、剧本，而我，我汗流浃背，每日工作十八个小时，挤破脑袋，一无所得。"

奇是奇在那大作家说："我愿意接受枪杀，来，跟我来，我同你说何故，多年来我伏案创作，错过了该游泳的海滩、该读的书、该画的画、该游览的风景，还有，妻儿在等我与他们亲近，孙儿有待抚育，你或许可使我重生，我无所惧。"

故事有一个非常奇突的结尾，但不在讨论范围。

但听到两位写作人的苦水，不禁莞尔。

写作是最禁锢的一个行业，成名之后，同未成名一般辛苦，只不过收入好些，不比其他生意，可以聘请能干的伙计代劳，再大的作家，还是得伏案苦写。

真喜欢写作，目的在能够写，成不成名，实属其次，现实世界里名作家众，枪弹不够用。

金漆招牌

老徐笑傲江湖，众星皆说，拍徐氏制作，可减片酬，因为在徐大导的领导下，得益良多，非金钱可以衡量云云。

如此现象，令人感慨万千。

人要自己争气，作为一个导演，作品雅俗共赏，票房自有保证，演员们一看，噫，参与其作品，对磨炼演技与增加名气均有帮助，减收片酬，也还算值得，于是纷纷自动献身。

一些销路好、作风正派的报纸副刊与杂志也是这样，不知多少作者愿意效劳，日久，宠坏了老总："什么，你同我讲稿费？"原来都不计较酬劳，但求惹人注目，博取收视率，千方百计想入围，叫他付广告费怕都情愿。

冷板凳杂志想找人写稿，就困难重重，销数若干？读者是什么人？打算预支多少期稿费？喝茶、吃饭？不必了吧，都不想动笔，写作人猛找借口：最近很忙，是，一直忙到2007年，退休了，现登的稿？都是从前写的，今日上午也是从前，不是吗？

无论谁，都要先搞好招牌。

出门难

大清早起床，倒还不算太困难。

没有指明一定要冰肌玉肤那样醒来，蓬头垢面亦可，狠一狠心，咬一咬牙，灵魂呼召肉体：喂，好起来了，开始工作咯。

最难是什么？是中年人一大早起床，还得对镜梳妆，穿戴整齐了，全副武装，自家里披星戴月那样赶到办公室。而且，而且立刻要火眼金睛那样开会、应对，一丝不错，把最好的一面拿出来招呼上司与下属。

最好的一面？早上九点半，很多人连最坏的一面都没有，人还在迷离境界呢。

勉强应付？不是不可以，但会紧张得心跳加速，额角冒汗，想一想，认真不值，约会还是改在下午的好。

起不来？不，只是出不了门。

记得当年在运输署上班，每朝八点二十分，不管日晒雨淋，一定已从美孚新邨赶到湾仔端端正正坐好，日日如此，真是一项成就。彼时署长是苏耀祖，八点三十分就找新闻组谈工作，他更早。

看，不是不能吃苦，不过，也不是不会偷懒，哈哈哈哈哈。

各适其适

"少无适俗韵，性本爱丘山。误落尘网中，一去三十年。"

年轻时便品性恶浊的到底无几人，为着生活得顺利不得不迁就环境，渐渐习惯，索性如鱼得水，根本不愿离开尘网。

要走总还是走得脱的，大可悠然笑一句谁不爱丘山。

生活方式各有不同，有人认为某菜馆开业而他居然错过，是天下憾事；有人忙着查阅霸王龙的生活习惯，并不关心黄金股票；呵，更有人一心钻研新总督动向，对于当时得令歌星一无所知……

谁比谁更投入社会？

一本世界新闻杂志、一份当地报纸，另加周刊及电视新闻，任何人不出门，已可知天下事，谁都不会比谁更脱节。

故爱尘网者大可居红尘，爱丘山者大可归南山，不亦乐乎。

小圈子里某些茶杯风波，不知就里，不见得有什么损失，知得更多，也不算学识渊博，某人为何罢写？不清楚。可是，原来翼龙即是始祖鸟，进化过程十分奇突，更加有趣。

另一条路

女孩子要是天生喜欢芭比娃娃，那也无可厚非，如不，则更好，大可走另一条路。

走，一直走到自然历史博物馆的礼品店去。

从来没见过那么多稀罕的东西挤在同一个地方，简直目不暇给，每到一个角落，都会快活地惊呼一声，且价廉物美，一万年前小小三叶虫化石一块几毛钱就可交易，妙不可言。

造纸工具、星空图、日晷、喂蜂鸟的盛器……应有尽有，此地出售的笔盒，做成木乃伊状，打开来，盒内还有古埃及文。

地球上各种矿石标本。呵，鲨鱼的牙齿，一个镇纸，按下钮，可听到鲸鱼唱歌，T恤上印着恐龙家族，太阳帽是只青蛙。

美不胜收。还有一本册子，告诉你，婴儿自孕育至出生是怎么个情形，通通是真实拍摄照片。还有，你想为自己制造彩虹吗？有折光器出售，比芭比娃娃的一套晚装便宜得多了。

是儿童零用钱完全可以负担的礼品，是另外一个世界呢，外头一辆乐高火车动辄数百，这里一大块天然水晶才十元八块。

言情

20 世纪五六十年代的言情小说真是另有一功。

作者坚决不移地相信真爱必须排除患难，死缠烂打，痴缠半个世纪以上。

而且在整个悠长的过程中，男女主角的心灵总也不会成长，肉体也永远不累，并且，也不必为生活中的衣食住行烦恼。

直至大团圆或是死伤终局，主角们拼却老命爱爱爱。

这倒也是好事，精诚所至，金石为开，作者多年的信仰倒也感动了一批读者，一直追随那不老的感情世界。

噫，世上已千年。

早些年，对这样的小说加以批评，是要被扣大帽子的："像你这等凉薄之人懂得什么叫感情！"渐渐很多读者都发觉有点不大对劲。

是受《呼啸山庄》的影响吧，但希斯克利夫与凯西完全是两回事，而且，那是 19 世纪，他们不幸相遇时，只有几岁。

岁月如流，至今时今日，除却作者本人，谁也不信这样的人与这样的事，故此也没有共鸣，因为凡人第二天都得一早起床为生计奔波。

穿插

这一代读者看言情小说，对内容相当苛求。

希望作者能够写 A lot about living, A little about loving（多些生活，少些情爱），小说不够生活化，真的难以入眼，不能置信，怎么看得下去？

通通谈交易，一如贸易发展局业绩报告，也太过现实，总得有丁点罗曼史吧。

自描写生活中，读者或可借镜，学些做人处世方法，恋爱场面如果写得好，自然更令读者陶醉。

读到好的故事，真会掩卷叹息：唉，这样遭遇，我也尝过滋味，非重新站起来不可，因为成功是最佳报复。因有极大共鸣，读后身心畅快。

不是每个人都有机会恋爱，能够叫读者心驰地向往那一段苦恋，也是一等一的本领，可惜性同爱，同样难写，笔法欠佳，一下子沦为伧俗猥琐。

两者穿插，分配均匀，就是一本上佳言情小说，正是，说时容易做时难。

开班授徒，随时做得到，振振有词，夸夸其谈，保证徒儿们满载而归。

动起笔来，眼高手低，又是另外一回事。

人生试卷

中学时每逢考试老师们都紧张得要命，频频叮嘱："试卷上每一个题目都需回答，切莫把第一题答得尽善尽美，而不够时间答其余题目。"

那样会不及格的，第一题做得再好也没有用。

成年后，略有些生活经验，发觉人生也似一张试卷，分少年、青年、中年及老年四题，每题占二十五分，合计一百分。

一定要四题均答，不能侧在一边，否则下场堪虞，倘若少年时期失分，那么，要在青年期出死力补足，还有，到了中年更得夙夜匪懈，不然，就会交白卷。

每一个阶段均需小心翼翼，免得老大徒伤悲。

有些人，犯了老师所担心的错误，把青春题做得过分灿烂，根本没有理会人生中其他题目，独沽一味，不顾一切，拖长来做。

时间一分一秒一年十年那样过去，他仍然不肯答中年题，言行举止，青春如故，恋恋不舍，拒绝进入下一个阶段。

旁观者直担心：喂，来不及了，要交卷了，叮一声，不能求情，分数不够，回不了头。

急煞人。

我来做

西方进行女权运动，如火如荼，争论焦点，却一直围绕着"女子要如此这般做，男子为何逃避责任"，声势汹汹。

像飞机场的女洗手间中多数设有婴儿更衣台，她们便愤愤不平："为啥不设在男洗手间里？"男女平等嘛。

不停在小题目里与小男人斤斤计较。

局外人觉得十分劳累。

这种运动最好不要搞，回到女性黄金时代，白吃白喝白住，闲时与婆婆妯娌斗气斗嘴。可是时不我与，经济不景气，现代女性不得不出来工作帮补，既有付出，自然希望地位抬升，故要求平等。

要做，就大干，不要问他为什么不做，而要拍拍胸口，说声"我来做"，除非做不来，或是力气不够，倒了下来，否则，何必计较谁做。

管理科学的精神在乎做好事情，谁来做不一样，只要一个家像一个家。

若没有这种牺牲精神，不如回归自然，事事跟着家主走，省时省力。

不要同小男人争执，要向大男人学习。

璀璨

友人谈及移民后生活："我们自璀璨渐趋平淡……"十分自豪。

啊，璀璨？立刻反对，不敢苟同，您过去是谁，女黑侠木兰花？失敬失敬，多年来竟然懵然不觉，该死该死。

璀璨是一个很华丽的形容词，当得起这样的美誉，可见该人的身份、生活方式、职业以及气质都闪烁生光，与常人不同。

我等无论置身何处，都不过是小家庭主妇，略写几段稿，不见得就晶光闪闪起来，此刻哪位太太没有收入？且在行内，也都是知名人士。

都会确是璀璨的都会，可是大多数居民都是日出而作，日落而息的标准市民，假日看场电影、搓搓麻将、欧美旅行都属正常消遣，无论住在哪里都可以做得到。

故此，过去不算灿烂，此刻也不算逊色，一切照常运作，无加无减。

从璀璨到平淡是一个非常高的境界，并非轻易做得到，自然有这样的人，把名利都控制得十分好，万人瞩目之际懂得收敛，该下台时又飘然淡出，端是高人。

但这绝非一般移民客，或是任何一个忽然决定结婚或转行的男女。

换 人

　　小友想换一个密友，身边那位，实在太没劲了，真正蹉跎青春，她说。

　　噫，对方除非犯严重过错，否则，宜珍重旧人。

　　青春还是用在学业与事业上的好，换身边人，至劳民伤财，划不来，因为无论如何令人流泪的爱情，最终也会过去。

　　换一个当时最最最最爱的，十年八载过去，一样叫苦，阿姨们全有类此经验，当年心仪的某、某同某，现在倒贴一百万美金也没有人敢接手。

　　外形潦倒不去说他，又自以为是，学养修养欠奉，事业停滞，全无江湖地位，万一不幸狭路相逢，宜速速避到对面马路去。

　　换什么？假设当初换到的是他，今日岂非要失声痛哭。

　　世纪末都会畸形现象是女性到了中年，大部分聪明懂事，成熟能干，事业有成，而且，外形维持得真正美观，独当一面，英姿飒爽。

　　当然是痛下苦功的成果，过了二十一岁，还有什么是偶然的。

　　如此悉心经营需要大量时间精力，决非一天到晚恋爱失恋的人可以做得到。

出 丑

很多人根本不会办事。

不会办事不要紧，惨是惨在不会做事却以为会做事，且做得非常忙。

越来越觉得长年累月忙，乃能力不逮的最明显表现。

自己瞎忙倒也罢了，偏偏这种乱忙的人，至爱把忙嫁祸到他人头上。

开口闭口"我很忙"，像是一柱擎天，少了他天要塌下来似的。去你的，英国女王也忙，关旁人什么事，爱打交道说两句，不爱，拉倒，谁会因谁的忙而得益，何必似秋瑾般姿势出现。

所有成功人士均气定神闲，举香港电台为例，最快答复的永远是张敏仪，她没空，也嘱咐秘书通知一声，人家是真正的忙，忙得无暇搭架子。

有些人死忙，忙了半辈子，名利均照旧，丝毫不见跃进，甚或较前逊色，却打算一直忙下去，蓬头垢面，生人勿近，一副短路状况。

完全不知衡量轻重，完全不懂安排时间，能力又差，嚼口香糖的当儿已经不能听电话，否则就不胜负荷，忙得天下均知。

拜托拜托，别出丑了。

苦

赚钱，辛不辛苦？

每份作业均有死线，必有压力，赶起工来，昼夜不分，当然辛苦。

成绩不理想，但在那个时候，只能做到那样，苦不堪言。

最惨在受人钱财，替人消灾，接踵而来的，是一大堆人情世故。

入了行，久不见红，会遭行家白眼，一旦冒出头来，必遭批评，人言可畏，身受者默默忍耐，有苦自知。老板上司，总得应酬应酬，生人勿近？乃不可能之事，话说得多了，不知几时得罪了人，也是一苦。

工作时间长，不能与亲友共乐，时时神龙见首不见尾，人家误会此乃乱摆架子，你说苦不苦。

竞争更苦，你不同他斗？他硬要向你挑战，输了无味，胜之不武，过程中若失了风度，赢了比输还惨。

有些明白人无须解释，有些人还值得同他分析，其余闲杂人等，开口都多余，你猜世上哪种人多？日子久了，胃溃疡，你说，是不是苦。

苦也苦够了。故有时酬劳再高，亦思退休。

怎么样了

空闲的时候，同友人聊天，也会问起：某某某怎么样了？好久没听人提起此人，面面相觑，大家都没有该君消息，很快，又换了一个话题。

外国电视节目，有这个环节，就叫"某某怎么样"，那些从前也算出过一阵子风头的人，此刻已销声匿迹，到底生活如何？在干些什么？派记者去把他们找出来，满足观众好奇心。

繁华都会，出名并不太难，几乎每个人都红过一分钟，之后，有些人进一步名成利就，有些人无以为继，有些人转了行，也做得十分出色。

命运是很奇怪的一条路，出名不一定好，不出名也不一定不好，玛丽莲·梦露说过，名气的确使你温暖，但不会长久，可见生活还是生活。

真的，谁，谁，同谁又怎么样了，同住在一个城市，各忙各的，或是各闲各的，并无交换意见或是碰个头，道不同的缘故吧。

应该很好呀，有家庭的人不愁孤苦，有正常入息，足够开销，一向亦无病痛，已经好得不得了，尚有不足之处，那一定是因为太感性了。

不过，最近有谁见过他？

沮丧

沮丧情绪来的时候，如洪水猛兽，挡都挡不住。

无论什么年纪的人都会闹情绪，不知是哪个阴阳不调和的早上，碰到了一个莫名其妙的人，遇上件不称心的事，心情立坏，不可收拾。

整天都抬不起头来，脸色灰败，无心工作，胃口不开，巴不得找个地洞钻。

整天自怜：真是，像我这样漂亮聪明、才华盖世、勤奋用功的一个人，怎么会沦落到今天这种地步，某某，某某，同某某某，啥子也没做过，也已经名成利就，家庭幸福了，噫，天无眼。

每个人在某一个发霉的十三号星期五都会这样想，十分正常，不用讶异。

可是，可是，要是天天都作如是观，日日都不能振作，那，就是一种病。

而且是很严重的心理病。

有时，一个人会两三年那样沮丧下去，不过，勇敢的人总会自救，终于发奋扭转思想，脱茧而出，再度投入生活，充实地生活下去。

有人没有，渐渐，悲剧变成喜剧，他一诉苦，大家都讪笑，唉。

不合时宜

友人说:"可记得彼时你一肚子不合时宜……"

是,那时候确是一肚子不合时宜,现在呢?现在七肚子不合时宜。

这种性格,只会变本加厉朝坏方面去,绝对不会天天进步,三五七年后与社会或江湖打成一片,如鱼得水。

若干年前,至少一边发牢骚,一边还肯去上班与同事打交道,至少朋友还听到嘀咕抱怨之声,编辑们还会说:"喂,专栏中少吐苦水好不好?"

现在?现在并没有改过来,谢绝应酬,闲时只学查理·布朗呻吟:"我想移民到另一个星球去。"完全离群。

前几天老伴才忠告:"别对着盆栽喃喃自语,它们会枯死,请跑到比较空旷的地方去发牢骚。"看。

从来没有停止大唱反调,螳臂当车,在所不计,因此未能专心写作,可惜。

这种脾气,无论做哪一个行业,都是致命伤,有时良心发现,趁着夜阑人静,也会承认:"FY说得对,像我这样的人,本应乞米。"

可是社会富庶到一定地步,便可以连不解温柔、不合时宜的人也一并养活。

谦 虚

某导演说："在影视圈数十年，该行变幻莫测，可以工作至今，已自觉颇为能干，可以称得上是幸福，故不会再有什么要求。"

还有一位影星当初走红，有人估计是一阵子潮流，不会长久，如今持续了一段日子，他又有无扬眉吐气的感觉呢？"怎会那样想，人无百日红，做艺人运气很重要。"

都十分谦虚。

真是，反正已经那么红，当时得令，有目共睹，何必再振振有词，拼命死吹。

他再自谦，别人乘穿梭机飞十年还追不上，人到了那种地步，姿势与口角都会自然起来，再也不会到处找人轧苗头，争风头。

红不红、帅不帅、灵不灵、美不美，总有公论，无须当事人站出来大声疾呼。

倘若世人不识货，没奈何，请继续努力，做到世人赏面为止，若不，孤芳自赏亦可，何用敲响铜锣。

去到红处，都明白了，忙不迭精益求精，干吗？答谢顾客呀。

不然，怎么红得下去。

赌

澳门赌场大老板这样说："太平盛世之际，人们心情好，会进来玩两把，轻松一下；时势欠佳之时，人们觉得闷，希望在赌桌赢几元：故此赌场不愁没有客人。"

记者问："在任何时间，你都是赢家？"

"是，"他承认，"在任何时间，我都赢。"真厉害。

只怕客人不进来，不怕客人赢，赢了一定不会走，直到输了为止，输了更不肯走，因为想赢回来。

赌之可怕，是在任何情形之下，都离不开赌桌。

不一定要在赌场内赌，人生中赌注之多之大，不胜枚举：像赌政局，你亲中抑或亲英？像赌前途，你留抑或走？像赌财经，你存现款抑或置金楼股？

每一次都有输有赢，有得有失，江湖守则是见好要收，切忌身后有余忘缩手。

可是一旦坐下来赌，早把金玉良言丢到津巴布韦，目光落到筹码上，眼都红了，叫他走？他哪里肯理："我尚听到乐声。"一于埋头苦赌。

其实赌场内空气浑浊，人声嘈杂，不好赌的人看到头都痛。

但赌徒是赌徒，总想赢了庄家。

学宣明会

你想不想对人好？自古都有个教训，叫好人难做。

真想对人好，宜学习一种态度，你有没有听过世界宣明会[1]？对，学宣明会。

宣明会是一个慈善机关，他们帮人，从来不问问题，第三世界国家落后贫瘠困苦，宣明会为他们捐募，不遗余力，但是绝不会因利乘便训曰："一个国家怎么会搞成这样，没能力养育下一代就不该频频生养，人贵自立，长期靠外国捐款治疗麻风、天花、痢疾简直不是办法……"

他们从不说话，能帮就帮，默默耕耘，不问收获。

你我帮人，亦应如此，不然，还不如不帮。

一边帮一边吹牛，怎么样恩威并施，如何吃力不讨好，多讲义气，那干脆不要帮，日后一定觉得不值。

数十年来，宣明会从来只对善长仁翁说："每月百余元即可助养一个儿童，使他获得教育、营养、医疗，请帮助他们。"不要追究责任了，不要质问他们何以被生。

存心帮忙，请速速出手，不打算援手，又有何资格斥责他人。

捐助国内儿童读书计划者请勿研究为何他们会没书读，捐！

---

[1]　宣明会：以儿童为本的国际性救援、发展及公共教育机构。

尊重

我尊重我的老总，不知我的老总觉不觉得我尊重他们。

生活经验告诉我，同样一件事，我与对方的感觉可能天差地别，我认为我仁至义尽，人可能觉得我忘恩负义，故此我只能说我的感觉。

老总是我们写作人的工头，正如三行师傅（墨斗、瓦工、什工）尊重建筑师，作者也一样敬重老总。

毫不讳言，每写一张报纸或杂志之前，总会问一句：编辑是谁？为着以后合作愉快，还是有所选择为佳。

一朝老总，终生老总，某同某已经分别退休在多伦多与温哥华，一样谈笑甚欢。

一起经过太多了，杂志由创办至风行全球，稿费由十元八元加到今日的数目，封面女郎由盛至衰……说不尽的话题，人非草木，日久生情。

不习惯跑到老板面前去把手搭在他肩膀上喁喁细语，许是没有这样的资格，故有事，与老总谈，合则来，不合则去，倒也相安无事。

最怕换编辑，最怕有新的指示、新的任务、新的要求。

非逼不得已，永不跳槽。

不用了

某报编辑部不喜某人，你在专栏中老提着某人，会不会引起不便，需不需要避忌一下？

不用了，编辑部的爱恶并不会加诸专栏，直至目前，写作人一支笔还算自由，不必太过精乖伶俐，见风使舵。

某君最近进了董事局，要不要打个招呼吃顿饭？

不用了，所谓董事局一天到晚换人，老是注意谁谁谁有影响力，忙着打交道，还有什么时间做功课？管他呢，埋头苦干才是正经。

书展里摆个摊活动一下？

书的销量是一年到头，长年累月，十多二十年的事，工展会式销售只适合爱热闹的写作人，同读者聚聚也蛮有趣，相信对名同利的帮助均不大，不用了。

喂，什么都不用，行不行得通？

通，怎么不通，大把人证物证，证实勤有功，努力写作即可，不必理会旁骛，花花絮絮，人情世故，均令人分神，以致得不偿失。

更不用定期同老板或编辑约会，各忙各的最好，也不用封封读者信都回复，日子久了，自然而然，成为不用派掌门人。

图书在版编目（CIP）数据

刹那芳华 /（加）亦舒著 . —长沙：湖南文艺出版社，2019.9

ISBN 978-7-5404-9250-2

Ⅰ . ①刹… Ⅱ . ①亦… Ⅲ . ①散文集—加拿大—现代 Ⅳ . ① I711.65

中国版本图书馆 CIP 数据核字（2019）第 095662 号

上架建议：畅销·散文

CHANA FANGHUA
刹那芳华

作　　者：［加］亦舒
出 版 人：曾赛丰
责任编辑：薛　健　刘诗哲
监　　制：毛闽峰　李　娜
特约策划：李　颖　沈可成　雷清清　张若琳
特约编辑：周子琦
特约营销：吴　思　刘　珣　焦亚楠
封面设计：利　锐
版式设计：李　洁
出　　版：湖南文艺出版社
　　　　　（长沙市雨花区东二环一段 508 号　邮编：410014）
网　　址：www.hnwy.net
印　　刷：北京中科印刷有限公司
经　　销：新华书店
开　　本：775mm×1120mm　1/32
字　　数：129 千字
印　　张：7
版　　次：2019 年 9 月第 1 版
印　　次：2019 年 9 月第 1 次印刷
书　　号：ISBN 978-7-5404-9250-2
定　　价：48.00 元

若有质量问题，请致电质量监督电话：010-59096394
团购电话：010-59320018